Diogenes Taschenbuch 24479

AF202130

ANTHONY MCCARTEN, geboren 1961 in New Plymouth/Neuseeland, schrieb als 25-Jähriger mit Stephen Sinclair den Theaterhit *Ladies Night*. Es folgten Romane und Drehbücher (u.a. zu den von ihm auch mitproduzierten internationalen Filmen *The Theory of Everything* und *Darkest Hour* mit Gary Oldman). Anthony McCarten lebt in London.

Anthony McCarten

Jack

ROMAN

Aus dem Englischen von
Manfred Allié und
Gabriele Kempf-Allié

Diogenes

Titel des Originals: ›American Letters‹
Copyright © 2018 by Anthony McCarten
Covermotiv: Graphik von Victor Moscoso,
›Neon Rose # 12‹, 1967
Copyright © Victor Moscoso

Veröffentlicht als Diogenes Taschenbuch, 2019
All rights reserved
Alle Rechte vorbehalten
Copyright © 2018
Diogenes Verlag AG Zürich
www.diogenes.ch
60/36/19/1
ISBN 978 3 257 24479 3

Für Zoë

Warum bist du unglücklich?
Weil 99,9 % von allem, was du denkst,
und allem, was du tust
deinem Ich gelten
und das existiert nicht.

Wei Wu Wei

Teil 1

Ja, ich war da. Ich war an seinem Grab, als sie den Sarg hinunterließen. Ich stand abseits von dem kleinen Grüppchen, weitgehend unsichtbar, mit Mütze und billiger Sonnenbrille im Schatten einer knorrigen Ulme, die der unablässige Wind zum Bonsai geformt hatte. Auf einem Dach in der Nähe zerschnitten Arbeiter die Luft mit ihren kreischenden Elektrowerkzeugen. Alles wirkte beschämend locker. Die Leute hatten sich nicht einmal besonders angezogen. Dichter eben! Man kann von ihnen einfach nicht erwarten, dass sie sich wie andere Menschen benehmen, nicht einmal auf einer Beerdigung. Einer von ihnen streckte sogar die Hand hinunter ins Grab und versuchte, den Sarg festzuhalten, was die anderen offenbar billigten, als ob sie mit ihrem Schweigen ausdrücken wollten: »Keats hätte es genauso gemacht, und Byron und Shelley auch.« *Still, still! er ist nicht tot, er schläft auch nicht – er ist erwacht!* Aber Schülerstreiche, Geschmacklosigkeiten, Skandale und Theatralik –

das waren schon immer ihre Markenzeichen gewesen. Ein einziger wilder Haufen, seit zwei Jahrzehnten schon. Aber ich wusste, wie man sich bei einer Beerdigung benimmt. Verhielt mich still. Blieb im Hintergrund. Ich gehörte schließlich nicht dazu. Denn ich hatte Jack Kerouac ja nicht gut gekannt, jedenfalls nicht den Menschen. Wir waren uns nur siebenmal begegnet, im Frühling des Vorjahrs, als ich mich bemühte, von ihm die Einwilligung für eine autorisierte Biographie zu bekommen. Und obwohl ich dem notorischen Einzelgänger in dieser Zeit erstaunlich nahegekommen war, fand ich nicht, dass ich näher am Grab oder unter den eigentlichen Trauergästen hätte stehen sollen. Wenn allerdings die Kenntnis seiner Bücher oder das Wissen um seine Seele der Maßstab von Vertrautheit gewesen wäre, dann hätte mir der Platz rechts neben der Witwe zugestanden, denn ich weiß alles über diesen Mann, diesen großen Schriftsteller, diese Seele, die uns nun verlassen hat.

Zahlenmäßig war es ein erbärmliches Aufgebot, gerade wenn man seinen internationalen Ruhm bedachte, und das machte mich traurig. So viel Anerkennung, all die Bücher, die er geschrieben hatte, all die Appelle, der Idealismus – was hatten sie ihm eingebracht? Und wenn man bedenkt, dass er schon da als »Vater einer Generation« angesehen wurde –

einer Generation, die man gemeinhin als Hippies bezeichnet und die an diesem Tag nur durch zwei Exemplare vertreten war, abgerissene Herumtreiber im Boheme-Chic; Navajo-Stirnbänder, Sandalen, Batikhemden, mit anderen Worten kostümiert wie für einen Kindergeburtstag, wer weiß, vielleicht sogar mit Drogen im Gepäck, Joints, die zwischen den Seiten seines berühmtesten Buches klemmten, ihrer Bibel, in Schultertaschen aus Segeltuch. Ich fand es störend, dass sie da waren, und doch irgendwie passend. Immerhin – waren nicht *sie* es gewesen, die seine Bücher millionenfach gekauft hatten? Hatte nicht *ihre* Liebe ihn zu dem gemacht, der er am Ende war: ein Sonderling, ein Reaktionär, ein undurchschaubarer Charakter, der sogar seinen besten Freunden nicht mehr traute, ein weltberühmtes Wrack, ein selbstzerstörerischer Alkoholiker und nun, mit 47, ein Leichnam?

Am Tag seines nicht unerwarteten Todes rätselten alle, wie sich ein Mann, dem nur zehn Jahre zuvor die Welt zu Füßen gelegen hatte, so hatte verändern können. Er war wirklich ein Star gewesen. Für manche eine Art Prophet. Zumindest eine einzigartige Stimme. Damals war nicht an ihn heranzukommen gewesen. Aber hier, bei seinem Begräbnis, sah man nichts als den sichtbaren Beweis für seinen unglaublichen Absturz.

Kein Wunder, dass ich unbedingt seine Geschichte erzählen, seine offizielle Biographie schreiben wollte. Kein Wunder, dass ein Teil von mir es kaum erwarten konnte, alles offenzulegen, die Wahrheit über einen Mann zu enthüllen, den seine eigenen Fiktionen zugrunde gerichtet hatten, genau die Geschichten, die er über sich selbst und andere erzählt hatte. Ich brannte darauf, diesen so ungenügend betrauerten Leichnam zu neuem Leben zu erwecken und angemessen zu ehren. *Er lebt, er wacht – der Tod ist tot, nicht er!*

Der einzige Haken war, dass Jack mir nie ausdrücklich erlaubt hatte, seine Geschichte zu erzählen, dass er nie wirklich gesagt hatte: *Jan, ich erlaube dir, als Erste meine Geschichte zu erzählen.* Das heißt: Haken ist ein zu schwaches Wort. Es war ein Dilemma, das über mein ganzes weiteres Leben entschied. Deshalb stritten sich an diesem düsteren Tag zwei Seelen in meiner Brust, ja ich war innerlich regelrecht zerrissen, wenn Sie die Wahrheit wissen wollen. Hatte ich denn nun – oder hatte ich es nicht? – das moralische Recht, weiterzumachen und das zu tun, was ich mir mehr oder weniger vorgenommen hatte, fiel es mir einfach dadurch zu, dass er nicht mehr da war und mich nicht mehr daran hindern konnte?

Im Frühjahr 1968 hatte ich beschlossen, zu ihm hinzufahren, ihn aufzuspüren, wo immer er sein mochte, ihm von Angesicht zu Angesicht gegenüberzutreten und ihm zu sagen, wer ich war.

Kleine Fußnote: Es ist ein weitverbreiteter Wunsch, den Abstand zwischen sich selbst (dem Fan) und dem Objekt der Verehrung (dem Künstler) auf ein paar wenige Zentimeter zu verringern. Aber kaum einer erreicht das Ziel. In den meisten Fällen bleibt es ein Wunschtraum, der nur in der Phantasie des Fans lebt. Man kann vielleicht darauf hoffen, sein Idol bei öffentlichen Auftritten von ferne zu sehen oder mit viel Glück ein unleserliches Autogramm zu ergattern, wenn der Held eilig aus irgendeiner Tür huscht, aber mehr als das – eine persönliche Beziehung? – ha! Solche Gedanken sind reines Wunschdenken.

Ich hingegen war Akademikerin; ich stand gewissermaßen im Dienst der Geschichtsschreibung, und jeder Künstler muss sich irgendwann der Nachwelt stellen, zumindest wenn er sein Vermächtnis regeln will. Das war meine Rechtfertigung vor mir selbst: Jack brauchte mich. Er wusste es nur noch nicht.

1968 war allgemein bekannt, dass Jack körperlich in sehr schlechter Verfassung war. Ich will es deutlicher sagen: Der Mann lag im Sterben. Das Gerücht, dass er drauf und dran war, sein Versprechen, sich zu Tode zu trinken, in die Tat umzusetzen, war bis nach San Francisco gedrungen, wo ich Undergraduate an der Universität von Berkeley war. Ich musste mich also beeilen, wenn ich seine Geschichte so erzählen wollte, wie sie es verdiente: offen, ungeschminkt, im Klartext und ohne Umschweife, die reine Wahrheit, die er der Welt schuldete –

Hier ist die Kirche, und der Turm, der ist hier,
Und ihr seht die Gemeinde durch die offene Tür.

Das Projekt stand von Anfang an unter schwierigen Vorzeichen.

Zum einen war dieser Pionier der amerikanischen Literatur wie vom Erdboden verschwunden. Schon 1966 hatte sich dieser bedeutende Autor – Vater von zehn Romanen, davon einer weltweit als Klassiker anerkannt – vollkommen aus der Öffentlichkeit zurückgezogen. Wo war er? Wo versteckte sich Jean-Louis Lebris de Kérouac? Seine alten Freunde hätten seine Adresse nicht einmal herausgerückt, wenn man ihnen die Adern mit Natriumpentothal vollgepumpt und sie an einen Lügendetektor angeschlossen hätte. Wie sollte da ich – ein Niemand, eine Null in der damaligen Situation – mein berühmtes Studienobjekt aufspüren?

Und es gab noch ein weiteres Problem. Es war jahrelange Schwerarbeit, eine gute umfassende

Biographie zu recherchieren und zu schreiben. Im Falle von Jack brauchte ich unbedingt Zugang zu seinen persönlichen Briefen; nur dann konnte ich die unglaublichen Anekdoten, die schon jetzt über ihn kursierten, einschätzen. Es war bekannt, dass er seine Korrespondenz sorgfältig archivierte, aber wenn ich diesen Schatz heben wollte, brauchte ich seine Zustimmung, sein Vertrauen, seinen Segen. Weshalb sollte er unter Millionen Verehrern ausgerechnet mir dieses Vorrecht einräumen?

Und dann war da noch eine dritte Hürde.

Allein schon die vorbereitende Beschäftigung mit seinen Werken hatte mich zwei Studienjahre gekostet, und ich war mit einer solchen Besessenheit ans Werk gegangen, dass ich jetzt ziemlich mit den Nerven fertig war. Wollte ich meine Fixierung wirklich noch weiter treiben, indem ich noch einmal zehn Jahre damit zubrachte, seine Romane, seine Manuskripte und Papiere zu durchforsten – von den berühmten Briefen ganz zu schweigen –, und das bei all meinen komplizierten, verschütteten Gefühlen für ihn? Und wieso sollte ich ausgerechnet *seine* Geschichte erzählen und nicht die von irgendjemand anderem? Empfand ich für diesen Mann wirklich das, was Goethe als »Wahlverwandtschaft« bezeichnet hatte, eine notwendige Voraussetzung für jeden Biographen?

Ich beschloss, die ganze Angelegenheit mit Jonathon zu besprechen, meinem Professor für amerikanische Literatur in Berkeley, meinem Mentor und intellektuellen Gewissen, einem Mann, mit dem ich, nebenbei bemerkt, seit etwa sechs Monaten auch eine Art Liaison hatte.

Aber Jonathon konnte mir nicht helfen, konnte mir keine Anweisungen erteilen. Er sagte, die Entscheidung, ob ich weitermachen wolle, müsse ich ganz allein fällen. Er äußerte allerdings gewisse Zweifel an Kerouacs literarischem Rang und riet mir, sorgfältig zu überlegen, ob K es wirklich wert sei, dass man sich ernsthaft mit ihm befasste. (Sie müssen wissen, dass K in Js Augen zweitklassig ist, auf einer Stufe mit Ray Bradbury.)

Das alles setzte mir zu, und über Wochen war ich nicht gerade umgänglich. Ein paar Tage lang gab ich den Gedanken, überhaupt eine Biographie zu schreiben, egal von wem, gänzlich auf. Aber nur bis ich durch einen schicksalhaften Zufall in den Tiefen der Bibliothek von Berkeley auf ein dünnes Buch stieß, ein postum veröffentlichtes Werk von Neal Cassady, seinerzeit Kerouacs bestem Freund und Vorbild für seinen berühmtesten Romanhelden Dean Moriarty.

Wo wäre ich jetzt, wenn ich das schmale Bändchen unberührt auf dem verstaubten Regalbrett gelassen hätte?

Aber das Leben ist nicht die Geschichte dessen, was man vermieden hat; es handelt hauptsächlich von den Dingen, die uns unaufgefordert in die Hände fallen, die uns über den Weg laufen, ohne dass wir nach ihnen suchen, die uns die unschuldige Nase blutig schlagen und uns das Unvermeidliche aufdrängen. So kam es, dass ich dieses Buch mit dem Titel *The First Third* aufschlug.

Neal Cassady. Dieser Nebendarsteller hat mich schon immer interessiert, fast so sehr wie Kerouac selbst. Die Geschichte seines wahren Lebens war in mancherlei Hinsicht viel wichtiger für mich, denn ich war selbst eine Nebenfigur. (Mehr dazu später.) Der überragende Erfolg von *Unterwegs,* Kerouacs Kultbuch über Cassady, hatte sich als Katastrophe für Neals Leben erwiesen. Als die jugendlichen Leser des Romans herausfanden, dass es für Dean ein reales Vorbild gab, einen Mann, der mit Frau und Kindern in Los Altos, Kalifornien, lebte und als Weichensteller Schichtarbeiter bei der Eisenbahn war, pilgerten die jungen Leute zu ihm hin. Sie erwarteten, die Verkörperung ewiger Jugend aus dem Buch zu finden, und trauten ihren Augen kaum, als sie einem Bahnarbeiter mit nikotingelben Fingern gegenüberstanden, der seine Familie mit zwei Jobs über Wasser hielt. Als Cassady ihre enttäuschten Blicke sah, war er tief in seinem Stolz verletzt. Also versuchte er, die Scharte auszuwetzen. Er bemühte sich, dem Bild gerecht zu werden, das sein Schriftstellerkumpel ihm angehängt hatte. Cassady ließ sich zu Drinks und Drogen einladen und versuchte immer wieder, für sie in die Rolle des wiedererstandenen Achill aus dem Roman zu schlüpfen. Eine Zeitlang gelang ihm das auch, aber die Anstrengung war gewaltig, denn wer kann schon auf Dauer eine Rolle spielen? Vollgepumpt mit Drogen, ohne auch nur einen Gedanken an seine kleinen Kinder, ging er daran, der Welt zu beweisen, dass er seiner Rolle gewachsen war; mit Vollgas über die kalifornischen Straßen, einen Haufen Hipsters auf dem Rücksitz, er selbst schon halb weggetreten, brabbelte er für die Blödmänner falschen Spengler und Proust vor sich hin, trommelte zur voll aufgedrehten Jazzmusik den Rhythmus auf das mit Christophorusplaketten bepflasterte Armaturenbrett, steuerte dieses Auto voller hirnloser Fans auf den finalen Fluchtpunkt der eigenen Selbstzerstörung zu und lebte den Kerouac-Hype (an dem er schließlich auch starb).

Eine amerikanische Tragödie. Und ein Thema mit viel Potential für Biographen. Und was für ein tragisches Ende! Die Kids waren nämlich nicht die Einzigen, die sich auf die Suche nach Dean Moriarty machten. Polizisten lesen auch Bücher. Und hier kommt der Höhepunkt: Ein paar Drogenfahnder stellten Cassady eine Falle; sie überredeten den per Anhalter reisenden Bahnarbeiter, ihnen als Gegenleistung für eine Fahrt in die Stadt ein paar Joints zu verkaufen. Erwischt. Und die Auflösung? Auch perfekt: Eine Gefängnisstrafe, eine, die ihm endgültig den Hals brach. Großartig. Was für eine Geschichte, dachte ich, was für eine Parabel dar-über, wie gefährlich es für eine reale Person ist, ihrem literarischen Alter ego nachzueifern. Denn während Kerouac literarischen Ruhm und welt-weite Anerkennung erntete, wurde Cassady, dieses Produkt seiner Prosa, mit achtundzwanzig Jahren zum ausgebrannten Wrack, zum Opfer fremder Erwartungen. Er verbüßte Gefängnisstrafen, eine nach der anderen, raste bis zu seinem elenden Ende mit Autos durch die Gegend und versuchte schließ-lich sogar, sich das Leben zu nehmen, indem er die Wagen absichtlich zu Schrott fuhr, getrieben von dem immer verzweifelteren Bedürfnis, dem frem-den Drehbuch zu entkommen und wenigstens sein Ende selbst zu schreiben.

Wie passend, dachte ich. Denn wenn Jack für sein berühmtes Buch die wahre Identität von Cas-sady »gestohlen« und ihm eine falsche aufgedrückt hatte, eine Verzerrung, *eine glatte Lüge,* anders aus-gedrückt, dann war das ein Thema, das mir sehr am Herzen lag; eine Geschichte, mit der ich, wenn auch nur ganz am Rande, zugleich meine eigene erzählen konnte.

Ich sah mich plötzlich Jack gegenübersitzen und ihm verfängliche Fragen stellen:

WEINTRAUB   Sir, inwieweit waren Schuldgefühle wegen Cassadys Tod der Grund für Ihren plötzlichen Rückzug aus der Öffentlichkeit?

WEINTRAUB   Sir, sollte die Literatur die Verantwortung für ihre Opfer übernehmen?

WEINTRAUB   Kann Kunst eine Rechtfertigung für Totschlag sein?

»Wahlverwandtschaft«? Plötzlich war sie da: die eine Zutat, die noch gefehlt hatte. Ich spürte, wie sich die Zahnräder in meinem Inneren klickend in Bewegung setzten. Ich war unterwegs. Es gab jetzt keinen Zweifel, nicht den geringsten: die Kerouac-Biographie würde geschrieben werden. Und zwar von mir.

Also belud ich im Frühling jenes Jahres einen klapprigen 57er Plymouth und fuhr nach Osten, um ihn zu suchen.

Wie ich ihn gefunden habe? Wollen Sie die Wahrheit hören? Er stand im Telefonbuch.

Na jedenfalls fast.

Es war folgendermaßen.

In seinem allerletzten Interview mit der *New York Times* hatte er erwähnt, dass er seiner Mutter ein Haus in Florida gekauft habe. Das war alles, was ich wusste. Also rief ich eine nach der anderen die Telefonvermittlungen in Florida an. In St. Petersburg fand ich schließlich einen Kerouac. Der Vorname hatte einen anderen Anfangsbuchstaben. Ob das ein Verwandter war? Oder war es Tarnung?

Also rief ich an. Der Hörer lag mir bleischwer in der Hand. Es meldete sich eine Frau – Jacks Mutter? Wenn ja, würde ich nichts aus ihr herausbekommen. Wer den *Partisan Review* aufmerksam gelesen hat, weiß, dass diese zähe alte Matrone die Grenzen von Jacks Reich wie ein Gurkha sicherte. Sie ließ keinen durch. Beklommen fragte ich: »Könnte ich bitte mit Jack sprechen?«

Am anderen Ende wurde aufgelegt.

Es war seine Mutter.

Als Nächstes beschaffte ich mir über die Stadtbibliothek das Telefonbuch von St. Petersburg. Und da stand sie. Die Adresse. Jetzt war ich sicher, dass ich wusste, wo Jacks Mutter wohnte, und machte mich eines smoggrauen Morgens auf den Weg in Richtung Südosten. Ich fuhr erst einmal fünf Stunden am Stück, dann tankte ich und machte von einem Münztelefon einen Wünsch-mir-Glück-Anruf bei dem genialen, unvergleichlichen, hochgelehrten, irgendwie attraktiven, aber fürchterlich schüchternen Jonathon Meyer, einem der besten Kenner der zeitgenössischen amerikanischen Literatur an der gesamten Westküste und im richtigen Leben ein Feigling.

»Wo bist du?« Ich hörte Besorgnis in seiner Stimme.

Ich erzählte es ihm. »Ich will herausfinden, wo Jack Kerouac steckt; ich hole mir sein Einverständnis für eine Biographie.«

Nach einem langen Schweigen am anderen Ende der Leitung sagte er: »Jan, lass das, komm runter. Was redest du da?« Ich merkte, wie sich immer mehr Sorge in seine Worte schlich. »Wo bist du? Sag mir, wo du steckst. Und zwar genau.«

Ich antwortete ihm, dass ich schon auf mich aufpassen könne, brüllte es genau genommen durch das Tosen der Lastwagen. »Mach dir doch nicht immer solche Sorgen. Entspann dich.« Wir hatten beide gehört, dass Kerouac womöglich sogar gefährlich war, ein gewalttätiger Säufer, aber ich hatte nicht vor, bei dieser Sache so ängstlich zu sein, wie Jonathon sich das gewünscht hätte. Das sagte ich ihm auch. Dass man manchmal auch etwas riskieren musste. Doch Jonathon ließ sich nicht beschwichtigen. »Jetzt hör mir mal zu – lass das bleiben – wir müssen darüber reden – sei nicht unvernünftig. Kerouac? Der lässt dich nicht rein. Unmöglich. Du weißt doch gar nicht, wo er ist. Komm zu mir ins Büro, jetzt sofort. Komm zurück. Wir reden darüber. Wir bringen das in Ordnung. Okay?«

Ich gab den Versuch auf, es ihm leichtzumachen. »Du bist nicht mein Vater«, erklärte ich ihm. »Du hast mir nichts zu befehlen. Außerdem ist es zu spät. Ich bin schon unterwegs zu ihm.« Ich hielt den Telefonhörer in die Höhe, damit er den Verkehr auf der Schnellstraße hören konnte, aber dumpf hörte ich doch noch, wie er meinen Namen rief. Ich hielt mir den Hörer wieder ans Ohr. »Jan ... um Himmels willen ... das ist verrückt! Hörst du mich? Jan? Sag mir, wo du bist, und ich komme und hole dich. Bist du noch da?«

Genau was ich von ihm erwartet hatte. Jonathon trottete im Cordanzug mit Argyle-Socken über den Campus. Er war kein Adonis, aber sein Verstand war jedem, der mir bisher begegnet war, überlegen – man konnte ihm stundenlang zuhören, nicht nur wenn er über Faulkner, Lardner, Pound, Melville redete, sondern auch über die Herstellung von Styropor, über Raketenantrieb, über das Steuern einer Cessna 290, für die er einen Pilotenschein hatte.

Ich brachte das Telefonat zu Ende. »Na, so weit erst mal. Ich ruf dich aus ...« Beinahe hätte ich mich verraten, hätte beinahe gesagt, wohin ich fuhr, und vergessen, dass das Städtchen St. Petersburg in Florida ein Geheimnis bleiben musste. »... ich ruf wieder an. Bye.« Ich legte den Telefonhörer zurück auf die Gabel.

Ich hatte beschlossen, dass ich auf die Fahrt meinen Hund mitnehmen würde, einen Sealyham Terrier. Ich stellte mir vor, dass Winston mich beschützen würde, aber vor allen Dingen war der alte Bursche der perfekte Gefährte für die fünftägige Marathonfahrt.

Nachts, allein im Motelzimmer, während ich durch die dünnen Wände dem Zischen der Druckluftbremsen und dem schmatzenden Geräusch der Reifen draußen auf dem nassen Asphalt lauschte und Winston (Probleme mit der Blase, der arme Junge) auf einem Stück Zeitungspapier in der Ecke kauerte, arbeitete ich an meinem Plan und legte mir meine Strategien zurecht. Um Kerouacs Erlaubnis zu bekommen, wollte ich ihn bei seiner Eitelkeit packen.

Bei Tage steuerte ich den Wagen quer durch die unendliche Weite Amerikas und begriff dabei eine der Hauptmetaphern und -beschäftigungen Kerouacs: die Fahrt über weite Strecken als Sinnbild der menschlichen Reise, weil nämlich all unsere Sorgen und Nöte, die uralten Ängste, die wir vor der Welt verborgen halten müssen, die nur wir allein kennen und die uns in unserem Inneren so viel Verwirrung und Leid und Schmerz bescheren, uns nicht wichtiger sein sollten als eine Landschaft, die bei siebzig Meilen die Stunde vorüberfliegt, nicht weiter unserer Sorge wert als ein Kuhdorf, das umso schneller im Nichts des Rückspiegels verschwindet, je fester wir den Fuß aufs Gas drücken.

Was es hier zu lernen gibt und was Kerouac Ende der vierziger Jahre, als die Trümmer des Krieges noch rauchten, deutlich erkannte, das ist, dass man *nach vorn* blicken muss, *nach vorn und immer nur nach vorn* ... unsere Augen auf die nächste Biegung der Straße geheftet, weil wir sicher sein können, dass dahinter eine hübsche Zerstreuung wartet, etwas Flüchtiges, Schönes, dessen einziger Zweck auf Erden darin besteht, dass es uns – uns Neurotiker! – alles Traurige vergessen macht, das hinter uns liegt.

Diese Form des Gedächtnisverlustes erfasste mich, während ich über die endlos geraden Straßen glitt, um Kurven manövrierte, zurückschaltete, wenn kleine Steigungen sich bemerkbar machten, während ein Bundesstaat nach dem anderen unter meinen Rädern dahinrollte und sich immer mehr das Gefühl einstellte, dass ich die Kontrolle über diesen Wagen und über mein Leben hatte, im Tempo, in der Richtung und auch was ihr Ziel anging. Und als ich in solch tagträumerischer Seligkeit dahinfuhr, dachte ich an Jack und an sein elendes Leben (oder das, was ich davon wusste). Ich überlegte, wie ich die Biographie anlegen sollte, und kam auf das Jahr 1944 als den vermutlich besten Anfangspunkt.

Damals, ein ganzes Jahr bevor der Krieg seine verwundeten Veteranen wieder ans heimische Ufer spülte, hatte Jack einen Zyklus von zehn Romanen geplant, in denen alles stehen sollte, was es über das Jungsein in dieser Zeit zu sagen gab. Damals war er Student an der Columbia-Universität und hielt seine Notizen in zerfledderten Schulheften fest. Manche seiner Ideen waren schon da, die Geschichten selbst noch flüchtig. Wo sollte er seine Figuren hernehmen? Er selbst? Seine Familie? Seine alten Lehrer? Der Milchmann? Auf dieser Grundlage begann er einen düsteren Roman, aber er war zäh, schwerfällig, voller Antihelden. Und dann hatte er Glück. Auf dem Campus hörte er eines Tages Jazzmusik, die dort über den Flur eines Wohnheims geschwebt kam; er klopfte an eine Tür und stolperte mitten hinein in eine Gruppe angehender Schriftsteller, besessene, fiebernde junge Leute, viele davon homosexuell; die kannten wiederum Drogensüchtige und Kleinkriminelle, und binnen eines Monats hatte sich eine Clique gebildet. Hier fand er, fertig zum Gebrauch, Romanfiguren für ein ganzes Leben. Drogen, Rausch, Herumtreiberei, Mord, Selbstmord, Psychose, die Zwänge des Weckers und der Hypothek, Unschuld, Musik, Jazz, poetische Verzückung, Nonkonformismus, Tod durch Missgeschick, Gefängnis, europäische Literatur, die Vorstellung, das Leben sei »ein Traum der Götter, der längst ausgeträumt ist« – von all dem wimmelte es nur so, und alles öffnete ihm die Augen. Er gab die Universität auf, denn da hätte er nur unter einer Glasglocke hocken und all die schrägen Vögel der Gesellschaft betrachten können, und schwang sich stattdessen selbst in die Lüfte. Ende der Vierziger wurde Kerouac selbst zum schrägen Vogel und riskierte eine Zeitlang viel am trüben Himmel über dem Times Square.

Als er wieder auf den Boden kam, hatte er fette Beute im Schnabel. Er brauchte zehn Jahre, bis ihm klar wurde, was für ein Glück er gehabt hatte. Von gewohnheitsmäßigen Dieben (und ganz besonders von Neal Cassady) stahl er eine neue Sprache. Aus ihrem Leben und Lieben ohne Punkt und Komma, ihren ganz eigenen Gewohnheiten, machte er eine romantische Geschichte; er nahm sie alle in seine Texte auf. In möblierten Zimmern an der Upper West Side strömte die Prosa nur so aus seiner Feder. Nichts Anstoßerregendes, aus der Perspektive von 1968 gesehen: ein wenig unehelicher Sex, ein wenig

Hasch, Nacktheit an unpassenden Orten, Platten werden gespielt, es wird so unbekümmert geflucht, dass jeder außer einem anerkannten Autor dafür im Gefängnis gelandet wäre.

Aber für die amerikanische Literatur war es ein großer Schritt vorwärts. Zu den Schrecken des Krieges boten seine Bücher eine alternative Realität. Junkies, denen er erste Entwürfe zu *Unterwegs* zeigte, lobten ihn in den Himmel; Schleimer unter hochwirksamen Barbituraten erklärten ihn zum Genie, besser als Wolfe, ganz da oben zusammen mit Melville. Er hatte selbst das Gefühl, dass er etwas Großem auf der Spur war. Er schluckte diese schillernden Pillen des Lobes und tauchte tiefer in das Experiment ein, jedes neue Werk extremer als das vorhergehende, und schließlich schleppte er einen Koffer voller erster Entwürfe mit sich herum.

Und dann wartete er. Zehn Jahre vergingen. Seine Manuskripte wurden von jedem Verlagslektor, dem er oder seine Freunde sie zur Lektüre andrehen konnten, zurückgeschickt. Der Koffer sah immer abgewetzter aus. Man konnte diese Prosa, die alles riskierte, nur entweder lieben oder hassen, und als sich herausstellte, dass die meisten sie hassten, fand er sich damit ab, dass er mit diesen Papieren begraben würde. Und dann plötzlich brach der Sturm los.

Unterwegs fand einen Verleger. Offenbar war Kerouac seiner Zeit einfach nur um zehn Jahre voraus gewesen. Dieser literarische Herumtreiber, längst über alle Verzweiflung hinaus, der in der Zwischenzeit alle Schattierungen der Enttäuschung kennengelernt hatte und der sich mit Vollgas Richtung Selbstzerstörung bewegte, erfuhr eines Sommertags im Jahr 1957, dass er an der Spitze der Bestsellerlisten stand. Über Nacht war er da, der große Erfolg; plötzlich »liebten« ihn die Leute, bewunderten ihn, priesen (wie bizarr das alles war) seinen Verstand, waren begeistert. Seine Bücher verkauften sich weltweit. In einer einzigen Woche verkaufte er fast eine Million Exemplare und wurde von genau denen gelesen, die in seinem Buch am schlechtesten wegkamen: jungen Männern. Diese Jungs trugen ihn auf Schultern, machten eine internationale Berühmtheit aus ihm, sorgten dafür, dass er schon wenige Monate später auf dem Umschlag von *Time* landete. War es ein Traum oder ein Alptraum? Kerouac hatte keine Zeit, sich das zu überlegen. Das Buch brach alle Verkaufsrekorde. Bis es Weihnachten wurde, hatte die Welt ihn in ihr Bewusstsein aufgenommen. Man kannte ihn. Der Stein, den er ins Wasser geworfen hatte, setzte eine Flutwelle in Gang, die um die ganze Welt lief; sie spülte die Strohhütten seiner Zeitgenossen davon und wurde an jedem Ufer von der Jugend, die auf den Landspitzen Ausschau hielt, begeistert begrüßt. Der Name Jack Kerouac und der seines Helden Dean Moriarty verschmolzen zu einem einzigen für alle jungen Leute, die gegen die Langeweile und die erdrückende Moral ihrer Nachkriegseltern ankämpften.

Und nun saß unser Schriftsteller dort in New York im Ozone Park und trank nach wie vor seinen Whisky aus einer Flasche in brauner Papiertüte, dachte über das Sterben und den Tod nach, seinen *eigenen* Tod, und wusste nicht, was er davon halten sollte. Plötzlich terrorisierte ihn sein Agent am Telefon, die hysterische Presse fiel über ihn her, der falsche Glamour von Interviews, Filmrechten, Fans und noch mehr Fans, von Geld und weiterem Geld; das Telefon klingelte, bis der Hörer von der Gabel fiel. Was sollte er davon halten, dieser zurückhaltende Mann, inwischen zum Säufer geworden, der immer noch bei seiner Mutter lebte, immer noch in dem schmalen Bett seiner Kindheit schlief, unter der Decke, die seine Großmutter gehäkelt hatte, unter den Footballwimpeln seiner Highschoolzeit, die in Reih und Glied dort hingen?

Und es kam noch schlimmer. Die besseren Kritiker warteten nicht lange, bis sie die Messer zückten. Immer neidisch auf jeden Erfolg, der nicht ihrer persönlichen Fürsprache zu verdanken war, stürzten sie sich auf ihn und beschuldigten ihn bald jeder erdenklichen Missetat, erklärten ihn zur überschätzten Eintagsfliege, zum Unruhestifter, zum *poète maudit*. Es störte sie, dass die Stimme eines Einzelnen so rasch zur tonangebenden geworden war, und so strengten sie sich alle gemeinsam an, seinen Einfluss zu begrenzen. Ein paar wichtige Leute erhoben sich und verkündeten, Jack Kerouac habe unsere amerikanische Literatur verraten.

Bald wurde dem armen Mann für alles Übel, das man an der Jugend fand, die Schuld gegeben. Seine Figuren, die sich treiben ließen, harmlos, jazzberauscht, waren nun plötzlich »*die Essenz des Asozialen*«. Binnen eines Monats nach seinem Sensationserfolg war der »neue Rimbaud« zum Liebling der Halbstarken geworden. Auch die religiöse Rechte machte ihn zum Prügelknaben. Die Katholiken erwiesen *Unterwegs* sogar die dubiose Ehre, es als einziges amerikanisches Buch der Nachkriegszeit auf den Index verbotener Bücher des Vatikans zu setzen. Und als die Medien ihn aufsuchten, sich einen Kommentar erhofften, fanden sie einen Alkoholiker. Sie zerrten ihn vor die Kameras des landesweiten Fernsehens, und er versuchte sich zu verteidigen. Doch Kerouac, längst ein aufgeschwemmtes Wrack, meilenweit entfernt von dem Idol auf dem

Schutzumschlag, verschüchtert von der »kulturellen Bedeutung«, die man ihm zusprach, war zu ängstlich darauf bedacht, sich von der Armee der jugendlichen Verehrer zu distanzieren, als dass er etwas Vernünftiges sagen konnte. Die Öffentlichkeit erwartet, dass man Ruhm dankbar und mit Stil entgegennimmt. Zu so etwas war Jack nicht in der Stimmung. Er hatte darauf bestanden, dass er hinter der Bühne noch die Haare geschnitten bekam, damit er nicht aussah wie seine langhaarigen Anhänger, und so torkelte er auf die Bühne und schlug sich auf die Seite der amerikanischen Eltern, kritisierte die Hippiebewegung mit allen Mitteln. In einer einzigen katastrophalen Stunde mit einem Dutzend Martinis zu viel intus breitete er vor einem Millionenpublikum im Fernsehen exakt die Kleinstadtvorurteile seiner Eltern aus und erklärte, dass sein Ruhm ein einziges großes Missverständnis sei. Die Rolle des Vaters einer Generation habe man ihm aufgezwungen. Aber in Wirklichkeit sei er niemandes Vater. Man habe ihn in die Schublade des Rebellen, des Außenseiters gesteckt, habe ihm vorgehalten, dass er ein literarischer Rattenfänger sei und Millionen in den Abgrund führe, dabei sei er doch in Wirklichkeit ein guter Amerikaner. Seine Kritiker und Leser wollten ihn vernichten, jawohl, vernichten, aber sie hätten es auf den Falschen abgesehen. Man zensiere ihn, erkläre ihn zum Gotteslästerer, wo doch alles, was er schreibe, in Wirklichkeit ein Loblied auf Amerika sei. Wie immer, erklärte er, weigerten die Kritiker sich, über die Qualität seiner Arbeit zu sprechen, sie klagten nur darüber, *was* er schreibe: zum Teufel mit denen, wetterte er. Vor laufender Kamera, fahrig, in einen Designersessel gequetscht, für dessen Kunststoffschale sein Hintern zu breit war, zeigte er dem ganzen Land, wie betrunken er war, wie schmutzig seine Kleidung, wie aufgedunsen seine Gesichtszüge waren, sichtbare Zeichen des Unrechts, das sie ihm angetan hatten! Er wollte sogar die Namen derer nennen, die hinter dieser »Verschwörung« steckten. Sein eigenes Ethos, lallte er, sei Frömmigkeit, Reinheit, Bescheidenheit. Er sei kein Hippie, nicht einmal Buddhist. Er sei katholisch, römisch-katholisch. Die Kerouacs, das seien kirchentreue Leute; wenn seine Großmutter auf der Veranda gesessen habe, habe sie immer einen Apfel für die Armen gehabt, sie stünden für Arbeit, Anstand, Ehe und Familie, für die Liebe zum Vaterland. Er wand sich vor den Kameras in diesem Plastiksessel. Er rauchte ununterbrochen, fuchtelte hysterisch mit den Armen, streckte die Hand nach einem Aschenbecher aus, der nicht da war. Sein Sessel knarrte vom schieren Gewicht seiner Anspannung. Dann, in einer dramatischen Shownummer, rang er tatsächlich die Hände und flehte die Jugend der Welt an, von ihm abzulassen. »Weg! Lasst mich in Ruhe! Verdammt noch mal, haut ab!«

Schließlich sank er zusammen. Und er wusste nur zu gut, dass die Kids ihn nie wieder loslassen würden. Menschen nahmen immer nur wahr, was sie am wenigsten brauchten, und das, was sie wirklich brauchten, bemerkten sie nie.

Ich sah mir das alles an und war ungeheuer traurig. Für Leser in meinem Alter war Kerouac unsere eigene Stimme, das Sprachrohr unserer Seele, und in meiner Erinnerung bleibt er das bis ans Ende aller Tage – denn was sind Schriftsteller anderes als der Inbegriff der Zeit, in der sie uns begegnen, und das von da an für alle Ewigkeit?

Als ich in St. Petersburg ankam, war ich in einem anderen Bewusstseinszustand: längst nicht mehr die Jan Weintraub, die zu dieser Fahrt aufgebrochen war. Bis zu einem gewissen Grade – das ging mir jetzt erst auf – hatte auch ich das Reich der Literatur betreten.

Erschöpft, vom Adrenalin aufgeputscht, mit gerade noch fünfunddreißig Dollar in der Tasche; entschlossen, den Raum zu füllen, der gerade durch den Abschied meines vormaligen akademischen

Ichs frei geworden war, ließ ich auch die letzten Bedenken der früheren Studentin fahren und klopfte an seine Tür.

Jack Kerouacs Tür! Was pochte mir das Herz! Die Tür öffnete sich. Aber. Aber es war gar nicht Jacks Haus. Oh, die Enttäuschung! »Da haben Sie die falsche Adresse, Ma'am.« Doch dann und viel besser: Es war das Haus von Jacks Onkel. Frage: Ob ich diejenige sei, die vor ungefähr einer Woche angerufen habe? Ja, das sei ich. Ja. Genau die. Keine andere. Und was wolle ich von Jackie? Geistesgegenwärtig antwortete ich, ich hätte eine Verabredung mit ihm. (Keine so große Lüge; später sollte ich größere erzählen.) Der alte Mann musterte mich misstrauisch, und schließlich fand er mich wohl doch vertrauenswürdig und beschrieb mir den Weg – nur ein paar hundert Meter – die Straße hinunter zum Haus seiner Schwester, und da wohne Jack. »Denke jedenfalls, dass er da ist. Hab nichts anderes gehört.«

Ich folgte seiner Wegbeschreibung, ließ den Wagen zu der Adresse gleiten, der Fuß auf dem Gaspedal federleicht. Wie würde der Schriftsteller aussehen? War er wirklich todkrank, wie es in den Gerüchten hieß? Eines muss man wissen, wenn man von Jack redet: Er war ein Meister der Verstellung, ein Virtuose im Spiel der Identität sein Leben lang. Im Laufe der Zeit hatte er so viele verschiedene

Menschentypen gespielt – Footballheld, Junkie, Hobbybuddhist, frommer katholischer Messdiener, Grobian, Säufer, Muttersöhnchen, Berühmtheit, attraktives Postermotiv, aufgeschwemmtes Wrack, kultivierter Literat, Landstreicher, Weltreisender, scheuer Einzelgänger, Retter des modernen Romans, Schänder des modernen Romans und so weiter – da stellte ich mir vor, dass er jetzt im Jahr 1968 selbst nicht mehr so genau wissen konnte, wer er war. Man musste ja nur an seine neueste Identität denken: angeblich die eines versoffenen hinterwäldlerischen Streithahns, der es darauf anlegte, sich in den Kaschemmen von Dade County zu Tode zu trinken, der sich im Suff mit Lastwagenfahrern stritt und Prügel bezog (wobei das Blut aus seiner zirrhosezerfressenen Leber quoll, und am nächsten Morgen pinkelte er roten Urin), der aber immer wieder aufstand zur nächsten Attacke, der wieder auf die Füße kam und in die nächste Runde ging. Und all das, all dieses Durcheinander in seiner Seele, steckte in einem Mann, der mal als Kandidat für den Pulitzerpreis gehandelt worden war und von dem es sogar hieß, er habe seine Fürsprecher im Stockholmer Komitee. Was für ein Rätsel! Was für eine Herausforderung für seine Biographin.

21. Mai 1968

Mr. Kerouac? Ich heiße Jan Weintraub.«
Ich hatte den taubenblauen Plymouth unter einer Pappel ein Stück weiter die Straße hinauf geparkt, die Räder nach Gangsterart eingeschlagen, um für die sofortige Flucht vorbereitet zu sein. Mit pochendem Herzen näherte ich mich dem Haus: klein, aus Holz, lindgrün, rostige Regenrohre, Deckenleisten, schmiedeeiserne Gitter bis zur Fenstermitte, seitlich stählerne Klammern für die Läden, ein Packard in der Auffahrt, ein einzelner Orangenbaum; ganz und gar nicht das Haus, das ich mir vorgestellt hatte. Aber ich war bereit. Ich hatte mich vorbereitet. Ich rückte die Brille auf meiner Nase zurecht. Ich hatte meine Rolle – die naive schmachtende Akademikerin – bis zur Perfektion geprobt, sogar vor dem Spiegel. Und in der Hand hielt ich mein einziges Requisit, ein zerfleddertes Exemplar von *Unterwegs*. Ich wusste, wie Schriftsteller waren. Wusste, wie sie es liebten, wenn sie an ihren Büchern die Spuren davon sahen, dass man

sie immer und immer wieder gelesen, dass man mit ihnen gelebt hatte. Na, dieses alte Exemplar hatte schon ein ziemlich fortgeschrittenes Rückenleiden und zeigte mehr als deutlich, dass mein Interesse an ihm geradezu perverse Ausmaße hatte.

Das Gesicht eines Mannes sah mich von jenseits der Fliegentür ausdruckslos an. *Sein* Gesicht. Ja, sosehr er sich auch verändert hatte, war es eindeutig er. Immerhin sah dieses Gesicht mich an. Endlich kreuzten sich unsere Wege. Mein Held, mein Antiheld, mein Feind, meine Muse, nennen wir ihn, wie wir wollen – er sah mich an. Das Herz schlug mir bis zum Hals.

Das Fliegengitter war wie ein Weichzeichner. Die verschwommenen Umrisse zeigten einen Postboten im Unterhemd, einen Dorfladenbesitzer, rundlich mit Dreitagebart, blinzelnde, wütende Augen, zwei blutunterlaufene Murmeln, die mein Gesicht betrachteten, meinen Körper, mein Exemplar seines Buches, dann kehrte der Blick zurück zu meinem Gesicht, mit … ja, mit etwas milder gewordenem Ausdruck, mehr Anerkennung: Das Buch hatte seine Wirkung getan.

»Was wollen Sie?«, fragte er.

Mit der Fliegentür zwischen uns und nachdem ich noch einen kurzen Blick auf das Foto auf dem Schutzumschlag geworfen hatte (der Star der Matineevorstellungen, das otterglatte schwarze Haar, das Herzklopfen, das die Körper so vieler junger Frauen in Aufruhr gebracht hatte – das alles war einmal), stotterte ich den ersten, zweiten, dritten nervösen Satz meiner Vorstellung: linkische Versuche, ihm klarzumachen, dass ich mehr als nur eine Autogrammjägerin war. Ich ließ einen Hinweis auf meine Doktorarbeit fallen, *klack,* meine Position an der Universität Berkeley, *klack,* meine feste Überzeugung, dass er ... *klack-klack,* meine gescheiterten Versuche, Kontakt mit ihm aufzunehmen ... meine Hoffnung, dass er ... ich könne mich nur entschuldigen ... mein aufrichtiger Wunsch, seine autorisierte Biographie zu schreiben. Ich weiß noch, am Ende bat ich ihn um Vergebung, und das war mir ernst. *Wie katholisch,* dachte ich, *durch das Gitter hier, ein Geständnis wie im Beichtstuhl.* Ich musste an mich halten, damit ich mich nicht auch noch bekreuzigte.

Es war unglaublich, aber der Mann zeigte kein Misstrauen, er schickte mich nicht fort. Nein, er hörte mich an. Dieser Dorfladenbesitzer hörte sich an, was ich zu sagen hatte. Und schließlich sagte er: »Wie alt sind Sie? Sie sehen mir zu jung für eine Dozentin aus.«

»Ich bin zweiundzwanzig. Und ich habe eine Stelle als Junior Lecturer in Amerikanischer Literatur.«

Wieder die Wahrheit ein klein wenig frisiert. Erst mit abgeschlossener Dissertation hätte ich diesen Posten bekommen können, aber in diesem ersten Austausch war es wichtig, dass ich ihn davon überzeugte, dass ich nicht einfach nur eine Studentin war. Die nackten Tatsachen konnten warten. Und dann, nach langem Schweigen, sagte er etwas, das mich umwarf. »Na, dann kommen Sie mal rein.«

Ich traute meinen Ohren nicht. Ich stand wie angewurzelt da. Dieser berüchtigte Einsiedler, der als unnahbar galt, als Mann, den man fürchten musste, streckte den Zeigefinger nach der Fliegentür aus, hielt sie für mich auf und sagte noch einmal: »Kommen Sie.«

Und so trat ich um zehn nach zwei am 21. Mai 1968 in seine Welt ein.

Meine Schlussfolgerung, jetzt, so viele Monate später? Meine Deutung? Im Nachhinein denke ich, in dem Augenblick hat er begriffen, was ihm drohte: Wenn ich es nicht tat, dann tat es jemand anderes. Dem Sargträger schreitet der Akademiker voran. In seinen Augen war ich eine historische Unvermeidbarkeit. Vielleicht war ich sogar die Strafe dafür, dass er überhaupt gelebt hatte.

Ich setzte mich im Wohnzimmer auf den Platz, den er mir anwies, ihm gegenüber, und konnte nur staunen, wie entspannt ich war. Es fühlte sich gut an, anständig, seltsam schicksalhaft, ja *gerecht,* dass ich mich hier und jetzt in dieser Rolle befand. Dass ich roch, wie es bei Kerouacs zu Hause roch, ganz als ob ich zur Familie gehörte. Dass ich den heiseren Husten seiner Mutter durch die Wand hörte und das Privileg seiner Nähe spürte.

Der Raum war eine Beschreibung wert. Er war vollkommen. Kein Bühnenbildner im Theater hätte das besser machen können. Deshalb jetzt Aufblende, das Wohnzimmer des berüchtigten Einsiedlers: Klatschzeitschriften lagen aufgeschlagen auf dem Sofa; leere Bierflaschen; eine halbleere Flasche Whisky neben einem grässlichen Kunstledersessel, dessen Füllung aus Ritzen quer über die ganze Breite herausquoll; Deckchen überall, wo ein Deckchen sich hinlegen ließ; ein Teppich aus Kriegszeiten von exakt der Farbe eines schmutzigen Teiches, umsäumt mit algengrünen Quasten. Alles zusammen wirkte wie ein Sumpf. Der Bewohner konnte nichts anderes sein als ein versoffenes Krokodil.

Auf dem Kaminsims stand ein Foto von Eisenhower in einem vergoldeten Rahmen, der eher zu einem Familienbild gepasst hätte, und daneben starrte wie zum Beweis aus einem identischen Rahmen das offene Gesicht von Kerouacs totem Bruder (das ich aus meinen Forschungen kannte): Gerard, gestorben mit neun.

Dann ein drittes Foto. Ein junger Soldat, der aussah wie Jack. War ein Kerouac in Vietnam gewesen? Ein gutaussehender Mann, und ich muss sagen, dem jungen Jack weitaus ähnlicher als der Hochstapler, den ich jetzt vor mir hatte.

Und damit noch nicht genug an Details. Ein Fernseher in der Ecke, Motorola, dudelte mit niedrig gestellter Lautstärke irgendwelchen Schwachsinn, der aber den Schriftsteller sehr zu interessieren schien, diesen *homme de lettres,* der in seinem Sessel hockte und nicht einmal jetzt, wo ich ihm beim Fernsehen zusah, den Blick davon abwenden konnte. Er saß da, zwei volle Aschenbecher auf den Armlehnen, vorgebeugt, damit er besser sehen konnte, die Ellenbogen angewinkelt wie ein Schnäppchenjäger am Wühltisch bei Macy's. Als er schließlich sprach, kam es abgehackt, undeutlich, so dass es nicht leicht zu sagen war, ob er mit mir redete, mit sich selbst, mit dem Fernseher oder in einer unbekannten Sprache mit überhaupt niemandem. Aus den wenigen Worten, die ich verstand, schloss ich, dass er an der Gameshow, die er sich ansah, etwas auszusetzen hatte. Was für eine bizarre Eröffnungsszene das war: Endlich wandte Kerouac seinen Blick mir zu, musterte mich von oben bis unten, und dann eröffnete er mir, dass im Verborgenen hinter dem Glücksrad ein Orwell'scher Manipulator am Werke sei. Er verfolge diese Sendung schon seit Wochen, habe sie genauen Studien unterzogen und sei auf »unterschwellige Botschaften zur Gehirnwäsche« gestoßen. Eindeutig steckten FBI und CIA hinter dieser Sendung. Was sie damit bezweckten? Sie wollten den Sinn für das Poetische auslöschen. Eine Verschwörung. Dichtung werde als Bedrohung für die nationale Sicherheit empfunden, die Ausmerzung der Kunst habe im Weißen Haus oberste Priorität. Schließlich fragte er: »Also, was wollen Sie?«

Eine gelungene Vorstellung, wenn es denn eine war.

Ich betrachtete seine nackten Waden. Ich wusste aus seinen späteren Büchern, dass er an Krampfadern litt, aber es schockierte mich doch, als ich die Schwellungen sah, die eitrigen Verbände an den Knöcheln. Was für ein Wrack aus Kerouac geworden war. Das Gesicht war aufgedunsen. Fett hatte seine Züge entstellt. Man hatte mir gesagt, ich solle auf seine Augen achten, aber jetzt war nichts Bemerkenswertes mehr daran. Das Blau war zu einem milden Grau geschmolzen. Die Gerüchte stimmten: Jetzt konnte ich mir schon vorstellen, dass Kerouac sich tatsächlich zu Tode trank. Den, der einmal fit genug gewesen war, um als Verteidiger zu spielen – den archetypischen Yankee, den Mann für brenzlige Situationen –, den stattlichen Burschen, den wir alle von Buchumschlägen und Fotostrecken in Boulevardzeitschriften kannten, den gab es nicht mehr. Alles, was er mir stattdessen als Blickfang bot, war eine haarige Taille, Speckrollen unter dem Unterhemdsaum wie haarige Lippen, geschürzt zu einem makabren Kuss. Ich dachte daran, wie alt er war – gerade mal 45.

Ich sagte ihm die Wahrheit. Karten auf den Tisch. Ich wollte seine Biographin werden. Es sei entscheidend, sagte ich ihm, dass sein Platz in der amerikanischen Literatur durch eine erstklassige Biographie gesichert werde, von jemandem, der dafür die richtigen Voraussetzungen mitbringe. Ich wolle ihm dafür meine Dienste anbieten. Es solle mir eine Ehre sein. Ich ging sogar so weit und zitierte den Biographen Karls des Großen, der sich all seine Mühen gemacht hatte, damit der Herrscher *»nicht in das Dunkel des Vergessens gehüllt würde«*. Kerouac verriet mir nicht, was er vom Vergessen hielt. Die einzige Antwort war: »Ich halte mich an Flaubert.« Nach einer Pause fügte er hinzu: *»Der Künstler muss bestrebt sein, die Historie glauben zu machen, dass er nie existierte.«*

Nach einer verlegenen Pause ging ich zu meiner

eigenen Überraschung noch weiter. Parallel zur Biographie wolle ich auch die erste vollständige *Biblio*graphie seiner Werke verfassen. Das werde ein entscheidender Schritt dazu sein, dass sein Platz in der amerikanischen Literatur angemessen gewürdigt werde. Danach hielt ich erst einmal den Mund. Mir war klar, dass ich es allmählich übertrieb.

Eine ganze Ewigkeit lang tat er überhaupt nichts. Ich bin eine ziemlich mutige Frau, und um die quälende Leere zu füllen, die mir allmählich die Luft abdrückte, ergriff ich wieder das Wort. Ich sagte ihm, dass ich mich in einem Hotel in der Nähe eingemietet habe. Mit Möglichkeit zum Kaffeekochen sogar. Er müsse es nicht gleich entscheiden. Er könne mich anrufen und mir seine Entscheidung mitteilen, wenn er es sich gründlich überlegt habe. Ich legte die Visitenkarte meiner Fakultät auf den Tisch wie ein Arzt und sagte: »Rufen Sie mich an. Es wäre eine große Ehre für mich. Ich könnte morgen wiederkommen, und vielleicht könnten Sie mir Ihre Antwort dann persönlich mitteilen.«

Nach einer Pause. »Morgen? Nein. Ähm … da habe ich zu tun. Morgen nicht. Aber vielleicht … vielleicht könnten wir … reden …«

»Reden? Gern.«

»… am Tag drauf. Weiß nicht. Elf. Mittag. Schließlich …« Zum ersten Mal zeigten sich um seine Augen die Fältchen eines angedeuteten Lächelns: »*Nichts Gutes geschieht am Vormittag, sooooooooo ist das.*«

Er sagte es im Tonfall von W. C. Fields.

Eine Rolle, die ich nicht von ihm erwartet hatte. Kerouacs linke Hand machte eine Geste mit einer unsichtbaren Zigarre. Bei der Art, wie er die Augenbrauen hob, musste ich lachen, und gerade als wir beide diesen Augenblick genossen, flog mit einem unglaublichen *Peng!* die Seitentür zum Flur hin auf.

Was für ein Auftritt! Später sah ich das Loch, das der Türknauf in die Wand geschlagen hatte. Vor uns stand Kerouacs Mutter. Sie wollte wissen, was los war. Wer ich sei? Wie ich hier hereingekommen sei? Warum hatte sie das nicht erfahren? So etwas gehörte sich nicht! Das war doch kein Benehmen!

Eilig versuchte ich zu erklären. »Mrs. Kerouac? Ich heiße Jan Weintraub. Ich bin Dozentin am ...« und so weiter.

Jacks Mutter nahm mich in den Schwitzkasten, und er sah zu. Anscheinend machte es ihm sogar Spaß. Über Mrs. Kerouac dachte ich: Gott, das ist ja eine ungeheuer energische Frau, kurze, zackige, militärische Schritte, Adjutantenabsätze, die auf den Boden prasselten, sie zeigte mir ihren Ärger mit den Füßen, stampfte beinahe wie ein Kind auf, um mich einzuschüchtern, funkelte mich an und fragte ihren

Sohn in schnarrendem kanadischen Französisch: »*Jack? Qui est-elle? Qu'est-ce-qu'elle veut?*«

»*Une journaliste*«, antwortete er – seine erste große Beleidigung mir gegenüber.

»Oh, ich bin keine Journalistin«, antwortete ich sofort. Ich wurde rot und stand auf.

Keinerlei Freundlichkeit in ihrem Gesicht. Sie wollte, dass ich ihr ganzes Misstrauen spürte. »Ha!«, sagte sie. »Hab ich's mir doch gedacht!«

Eine echte Nummer, dachte ich. Ein harter Knochen. Hatte sie nicht sogar einen kleinen Buckel? Ja, ich glaube, ich sah da eine leichte Krümmung. Oder doch nicht? Bildete ich mir das bloß ein?

Jetzt wo ich darüber nachdenke, lag ich wohl doch richtig. Man konnte zumindest sagen, dass sie gebückt ging. Ein Witwenbuckel. Wenn ich sie mit einem Wort charakterisieren müsste, würde ich sagen: pures Misstrauen. Weil jeder, der an ihre Tür klopfte, ihrer Familie etwas Böses wollte. Plötzlich verstand ich den Blick, mit dem sie mich ansah. Was tat ich ihrem Liebling an? Für welche Seite des Ruhms, der ihren Sohn umbrachte, stand ich?

Dann ließ sie uns allein. Die Tür zum Flur schloss sich. Genauso plötzlich, wie sie gekommen war, war sie wieder fort. Und schon sank der Luftdruck, und ich konnte wieder atmen. Auch Kerouac atmete tief durch, und dann fragte er mich plötzlich fast schüchtern, ob ich ihm, bevor ich aufbräche, einen Gefallen tun könne. Ich war zu allem bereit. »Aber gern«, antwortete ich. Daraufhin stand er auf, vergewisserte sich, dass die Tür geschlossen war, und dann drehte er sich zu mir um und forderte mich leise auf, ihm einen zu blasen.

Waaas? Hatte ich richtig gehört? Doch dann fügte er hinzu: »Kommen Sie, Sie haben mich schon richtig verstanden. Machen Sie kein so schockiertes Gesicht. Na, wie sieht's aus?«

In dem Augenblick wurde mir tatsächlich fast schlecht. Übelkeit stieg in mir auf. Wie konnte er es wagen! Vielleicht hätte ich doch nicht so vorlaut sein sollen. Mir wurde schwindlig. Aber sofort nahm ich mich wieder zusammen und versuchte keinerlei Gefühlsregung zu zeigen. Dann tat ich das Beste, was ich unter den Umständen zustande brachte: Ich verabschiedete mich – ich weiß nicht mehr, mit welchen Worten –, schloss leise die Haustür und ging die Straße hinunter zu meinem Wagen ohne einen Blick zurück.

Ich versuchte, mir sein Verhalten zu erklären, und ging im Kopf sämtliche Möglichkeiten durch.

Erstens: Trotz aller akademischen Qualifikation sah er mich als spatzenhirnige Schleimerin, ein einfältiges Mädchen, das keinen Respekt verdiente und folglich eine gute Zielscheibe für Kränkungen abgab. Warum sollte er da nicht auf meine Kosten ein bisschen Spaß haben und mich in Verlegenheit bringen?

Zweitens: Er sah mich als Betrügerin, als Journalistin vielleicht, die sich als Akademikerin ausgab. Eine, die sie aus New York geschickt hatten, um ihn zu peinigen. Eine, die seine Worte verdrehen und sie dann an die Redaktion schicken würde, die daraus eine Lügengeschichte fabrizierte. Warum sollte er mich da nicht mit einem Vorschlag davonjagen, der ausschließlich als Gehässigkeit gemeint war?

Drittens: Es war ihm ernst. Er hatte tatsächlich einen Blowjob von mir gewollt. Seit Monaten hatte er wie ein Einsiedler gelebt, er saß in einer sexlosen Ehe gefangen und verzehrte sich nach Stimulation jeglicher Art, ja er sehnte sich vielleicht tatsächlich genau danach, dass eine attraktive junge Frau auftauchte und ihn auf Knien aus seiner furchtbaren Isolation befreite. (Nach allgemeinen Maßstäben bin ich eine attraktive Frau, was mir ein Test in einer Beilage von *Vanity Fair* bestätigte, den ich einmal ausgefüllt habe, als ich nichts Besseres zu tun hatte.) Außerdem verehrte ich seine Bücher – bei einem Schriftsteller immer ein Aphrodisiakum. Ich denke mir, viele Schriftsteller finden, dass sie ihren Verehrerinnen so viel Vergnügen bereiten, dass sie auch einmal ein wenig Vergnügen als Gegenleistung verdienen. War das nicht ohnehin die unausgesprochene Vereinbarung zwischen Künstler und Verehrerin: eine Verabredung im Schlafzimmer?

Und viertens, meine letzte Hypothese: Er wollte mich einfach auf die Probe stellen. Diese Antwort scheint mir die plausibelste. Auf hinterlistige Weise (möglicherweise aus purem, brillantem Selbstschutz) wollte er herausbekommen, ob ich wirklich genügend von der Welt wusste, um eine so brutale und haarsträubende Geschichte wie die seine zu erzählen. Seine Biographie war schließlich nichts für eine verklemmte Person, die bei jeder Gelegenheit rot wurde. Ich hätte sein Ansinnen einfach mit einem Lachen abtun sollen. Damit hätte ich sein Vertrauen erlangt. Stattdessen hatte ich die Flucht ergriffen. Gab es jetzt noch eine Möglichkeit, sein Vertrauen zu gewinnen?

All das ging mir durch den Kopf, während ich nur drei Häuserblocks weiter in einem Kunststoffliegestuhl an einem Swimmingpool ohne Wasser wie hypnotisiert einen wie eine Anakonda zusammengerollten Schlauch auf dem Beckenboden anstarrte und überlegte, was ich als Nächstes tun sollte.

Klar war mir nur, dass ich nicht zulassen würde, dass er mit mir spielte wie mit den Figuren in seinen

Büchern. Seine »Mädels« hatten alle eins gemeinsam: Sie verziehen alles und ließen alles mit sich machen, wie die fiktive Laura (lies Joan Haverty, seine zweite Frau, die leidende *femme éternelle* in seinen späteren Büchern) es bis zu ihrem Untergang getan hatte. Sollte ich dieser tragischen Gestalt nacheifern? Oder wollte ich eine besondere Art von Sieg erringen, den Sieg der Realität über die Phantasie?

Einen solchen Sieg wollte ich nicht.

Als Nächstes überlegte ich, ob ich Jonathon anrufen sollte. Ich ging sogar so weit, einen Quarter schon halb in den Schlitz eines Münztelefons zu schieben, steckte ihn dann aber doch nicht ganz hinein. Jeder Bericht über meine erste Begegnung mit Kerouac würde nur Jonathons schlimmsten Befürchtungen bestätigen. Er würde mir nur wieder neu predigen, Jack sei ein Unglücksrabe, dem man am besten nicht zu nahe kam. Ich steckte die Münze wieder in die Tasche.

Natürlich musste ich ein zweites Mal hin und mit Kerouac reden. Schließlich war ich selbst schuld, dass ich seinen »Witz« nicht verstanden hatte. Also tat ich am nächsten Morgen genau das. Ich fuhr wieder zu seinem Haus und drückte erneut den Klingelknopf.

22. Mai 1968

Stella Kerouac war Halbgriechin, aber für meine Begriffe sah sie aus, als käme sie geradewegs aus Athen. Diese dritte Frau hatte Jack erst vor kurzem geheiratet, und das unter Umständen, die eine kurze Erinnerung wert sind.

Sie war klein, stämmig, bebrillt, die klassische Putzfrau, noch nicht mal eins fünfzig groß, kein einziger attraktiver Zug in ihrem Gesicht, es sei denn, man fand zusammengewachsene Augenbrauen à la Frida Kahlo attraktiv.

Sie trug eine bestickte Schürze, von der ich mir vorstellte, dass sie sie am Morgen umband und erst beim Zubettgehen wieder ablegte. Die kurzen, dicken Beine steckten in groben schwarzen Strümpfen – vom Wetter her hätte sie die nicht gebraucht, vermutlich versteckte sie darunter ihre Krampfadern, die so grässlich waren, dass keiner sie sehen durfte. Ich versuchte mir vorzustellen, wie sie Kerouac küsste oder er sie. Nein. Das war unmöglich.

Das konnte keine Liebesehe sein – der Gedanke

war grotesk. Und wenn doch, dann fehlte mir offenbar entschieden die Lebenserfahrung, mir das vorstellen zu können.

Als sie mir das erste Mal begegnete, wusste ich nur wenig über sie. Erst später erfuhr ich ihre Geschichte; dass Kerouac als Junge mit ihren Brüdern befreundet gewesen war, und dass sie Kerouac heimlich und unbeirrt seit ihren frühen Teenagerjahren vergöttert hatte. Doch da sie vor allem eine vernünftige Frau war, hatte sie nie ernsthaft gehofft, dass diese Liebe einmal Erfüllung finden würde. Schon als Zahnspangenträgerin war sie zu der Überzeugung gelangt, dass sie ihr Leben als alte Jungfer beenden würde, und war bis ins Mark erschüttert, als ihr Schwarm, die Berühmtheit, schon in ihren mittleren Jahren zu ihr kam, und das mit einem Heiratsantrag!

Jack, inzwischen hoffnungsloser Alkoholiker, hatte ihr einen Strauß Pfingstrosen entgegengestreckt – ihre Lieblingsblumen – und sie in den Garten hinter dem Haus seiner Mutter geführt. Dort sprach er im Schatten der flatternden Unterwäsche der Matriarchin die Worte, die sich vorzustellen Stella nie gewagt hatte.

Ohne auch nur eine Sekunde zu zögern, nahm sie den Antrag an. Sie traute ihren eigenen Ohren kaum, aber sie stammelte: »Ja, ja natürlich, ja.« Aber selbst da schon muss sie das unangenehme

Kleingedruckte bei dieser Abmachung verstanden haben: Kerouacs Mutter war senil geworden; jetzt wo Stella sich nicht mehr um ihre eigene Mutter kümmern musste (die war im Jahr zuvor gestorben), konnte sie doch gleich ins Kerouac-Haus umziehen und noch eine weitere alte Dame pflegen. Stella schreckte vor dieser Aussicht nicht zurück. Sie würde alles tun, was sie in Jacks Nähe brachte. Und Kerouac selbst war vollkommen aufrichtig zu ihr. Er hatte bereits den Entschluss gefasst, dass er sich zu Tode trinken wollte. Er konnte ihr ein gemeinsames Schlafzimmer anbieten, wenn sie darauf bestand (aber er fand nicht, dass es für sie von Vorteil war), aber unter *keinen* Umständen ein Doppelbett: zwei Einzelbetten, das war das Äußerste, was er ihr zugestehen konnte. Es war eine Abmachung unter Erwachsenen: vorstellbar nur für zwei Leute, die keinerlei Hoffnung mehr hatten. Stella nahm diese Bedingungen an und wurde seine Frau.

Sie konnte nicht ablehnen. Ja, sie war selig. Genaugenommen hörte sie gar nicht mehr auf zu lächeln, sie lächelte, wenn sie das schmutzige Spülbecken scheuerte, sie sang, wenn sie den Müll rausbrachte. Selbst als von einer Hochzeitsreise keine Rede war – auch nicht von einem Hochzeitskleid –, empfand sie in erster Linie Glück.

Stella selbst beschrieb mir die Eheschließung.

»Das war ganz schnell vorbei«, sagte sie, doch ohne auch nur einen Anflug von Enttäuschung. Ihre beiden Brüder, grobschlächtige, wortkarge Zimmerleute, waren die Trauzeugen auf dem Standesamt. »Aber es war schön. Richtig schön.« Kerouac hatte sie auf die Wange geküsst, erzählte sie und fuhr sich über die linke, als ob der Abdruck dort noch zu spüren sei – ich sah nur geplatzte Äderchen, mit denen sie immer wie errötet aussah. Dann, nachdem er seinen Namen ins Heiratsregister geschrieben hatte, zwängte er ihr einen Hundertdollarring über den geschwollenen Ringfinger, wie jemand, der im Schneesturm einen Reifen wechselt.

Aber Stella heiratete ihren Prinzen. Ihr war, als läuteten im ganzen Land die Kirchenglocken. Und es machte ihr nichts aus, dass ihr Prinz längst kein Prinz mehr war, sondern ein aufgedunsener Säufer mit Venenentzündung und offenen Beinen, mit Bierbauch und galoppierender Todessehnsucht. Selbst für diesen Verfall war sie dankbar – ja gerade für den Verfall, denn was sonst hätte ihn in ihre Arme getrieben? Sie hatte Gott an diesem Nachmittag der Eheschließung gedankt, nach ihrem eigenen Hochzeitsempfang sogar selbst saubergemacht und die Biergläser der Lastwagenfahrer, die Jack eingeladen hatte, eingesammelt.

Aber ich frage mich bis heute: Warum Stella,

warum sie und nicht ein Dienstmädchen? Eine Pflegerin? Warum musste er sie *heiraten*? Er hatte Geld genug, um jemanden zu bezahlen, der das berufsmäßig machte. Meine Vermutung ist: Jetzt wo Mémère, wie Jack sie nannte, hinfällig geworden war, brauchte er einen Mutterersatz. Stella war eindeutig von der gleichen Art. Er brauchte ein kleinwüchsiges, zähes Arbeitspferd, eines mit unverwüstlichem Herzen, und er hatte guten Grund zu der Annahme, dass kein Herz unverwüstlicher war als das von Stella Sampas.

An der Tür fragte Stella mich, wer ich sei. Als sie den jüdischen Namen hörte, lächelte sie und sagte etwas, was mich verblüffte: »Lassen Sie sich von denen nicht ärgern, Miss Weintraub. Die können nicht anders.«

Es dauerte nicht lange, bis ich begriff, was sie mir sagen wollte.

Ich wartete, und mir wurde mitgeteilt, dass der große Autor mich empfangen werde, dass er allerdings um zwei Uhr nachmittags noch im Schlafanzug sei.

Ich nutzte die Zeit, um mich um meinen Hund zu kümmern, dem ich wegen seines schlechten Benehmens an der Haustür mehrere Nasenstüber hatte geben müssen und deshalb vorerst am Geländer anband. Mein armer Liebling hatte Verstopfung und litt schrecklich. Ich sah auch, dass die Kerouacs Katzen hatten, und sah Komplikationen voraus und nahm deshalb gern Stellas Vorschlag an, ihn hinter dem Haus unter ein Hühnergehege zu stecken, wo ein paar rosa Blumen wuchsen.

Kerouac war jetzt zum Empfang bereit.

Wenn er an dem Tag betrunken war, dann habe ich es nicht bemerkt. Er hatte sich rasiert und feingemacht: Das kurzärmelige Hemd war zugeknöpft, die Whiskyflaschen waren verschwunden, sein Haar war dermaßen gebürstet, dass es glänzte. Wiedergutmachung für seine Sünden vom Vortag? Er sah tatsächlich wie ein Büßer aus.

Ich kam gleich zur Sache. Ob er über mein Angebot nachgedacht habe?

Er antwortete: »Sie sehen ziemlich jung für eine Dozentin in Berkeley aus.«

Also sagte ich ihm, wie alt ich war, siebenundzwanzig, und fügte hinzu, ja, ich sähe jung für mein Alter aus. Dann fragte ich noch einmal: Ob er dazu gekommen sei, sich Gedanken über meinen Vorschlag zu machen?

Er blickte zum Fenster hinaus, rührte einen dritten Löffel Zucker in seinen Kaffee mit den dubiosen Zusatzstoffen. Dann sagte er, unter gewissen Bedingungen gebe er sein Einverständnis. (Bald sollte ich sehen, dass sich hinter diesen Bedingungen weitere Bedingungen versteckten.) Unter gar keinen Umständen werde er eine Biographie autorisieren. Ihm liege nicht viel an der Nachwelt oder, wie er es ausdrückte, daran, »die akademischen Maden zu füttern«. Unsere Blicke trafen sich, doch er wandte sofort den Kopf ab: Ja, dachte ich, die Sache von gestern ist ihm wirklich peinlich. Er wolle mir aber erlauben, eine Bibliographie seiner verstreuten, undatierten Werke anzulegen. Ich jubilierte; doch es gab eine Einschränkung. Er behielt sich das Recht vor, diese Vereinbarung jederzeit und ohne Angabe von Gründen aufzukündigen, wenn er zu dem Schluss kam, dass es besser für ihn sei.

Ich stimmte sofort zu – immerhin hatte ich damit doch eine Art Abmachung mit ihm – und fragte ihn nach Archivmaterial, Tagebüchern, Briefen, Dingen, die mir helfen würden, die verstreuten Werke zu datieren.

Seine Antwort verschlug mir den Atem. Er stritt ab, dass es so etwas gab.

»Sie heben Ihre Briefe nicht auf?«

Er schüttelte den Kopf, zuckte mit den Schultern, dann rührte er noch einmal seinen Kaffee um. »Nicht mehr.«

Ich wusste, dass das eine Lüge war. Ich hatte

recherchiert. Warum stritt er die Existenz dieses Fundus an Briefen von unschätzbarem Wert ab?

»Wer hat sie dann jetzt?«

»Keiner.«

»Wo sind sie?«

»Weggeschmissen. Ich habe ja mein Gedächtnis. Mein Gedächtnis, das ist ziemlich gut. Da verlasse ich mich drauf.« Er tippte sich an die Schläfe.

Mir wurde übel. Er hatte die Briefe fortgeworfen? Das war eine Katastrophe, wenn es stimmte. Aber ich hatte meine Zweifel und hatte nicht vor, das einfach so zu schlucken. »Aber Ihre Weggefährten erwähnen es in Interviews, erwähnen Ihr ... Ihr Archiv von Briefen ... Ihre sorgfältig archivierte Korrespondenz. Die Ihnen wertvoll war. Sie werden als Chronist Ihrer Epoche angesehen. Als Archivar. Man verlässt sich auf Sie. Die Geschichte verlässt sich auf Sie. Allen Ginsberg zum Beispiel sagt –«

»*Ginsberg*! Ha!« Der Tonfall schien zu sagen, dass ich den Namen in seiner Gegenwart nie wieder erwähnen solle.

Ich fuhr fort: »Er sagt, Sie bewahren gewissenhaft Briefe, Akten, Erinnerungsstücke auf. Er hat Sie einen ›kanonischen Briefschreiber‹ genannt und sagt, Sie hätten häufig beide Seiten einer Korrespondenz aufbewahrt.«

Dies schien ihm der geeignete Augenblick zu sein, um sich eine Zigarette anzuzünden. »Verbrannt.«

»Verbrannt?«

»Nichts mehr da. Alles weg.«

»Das kann nicht Ihr Ernst sein.«

Er blies das Streichholz aus. »In Flammen aufgegangen.«

Ich wurde bleich. »Sagen Sie mir, dass das ein Witz ist.«

»Alles. Pfffft.« Er stieß eine Rauchwolke aus.

Ich brauchte eine Weile für die Antwort. Die Briefe waren für mich von entscheidender Bedeutung, gerade wo es um ein Chamäleon wie Kerouac ging, der sich Leben und Geschichten anderer unter den Nagel riss. Jemanden, der sich immer wieder neu verstellte. Ohne Archiv, ohne die *Fakten* wäre selbst die Erstellung einer einfachen Bibliographie gar nicht oder nur mit größter Mühe möglich. Dann hätte ich nichts außer Kerouacs Erinnerungen, auf die ich mich stützen könnte.

»Aber … *warum*?«

»Wegen dem, was drinstand.«

Mir kam ein Gedanke. Hatte jemand anderes sie verbrannt? Ich legte mir die Hand ans Gesicht, um ihm zu zeigen, wie hart mich das traf. »Das … entschuldigen Sie, aber das … das ist eine echte Katastrophe. Wirklich. Für die moderne amerikanische Literatur.«

Er legte den Kopf schief. Lachte kurz auf. »Ha!« Obwohl er sichtlich von meinen Worten beeindruckt war. »Was Sie nicht sagen!« Wieder mit der W.-C.-Fields-Stimme: »Naaa, da standen ja meine ganzen Uuuun-taten drin, das musste weg. Musste weg.«

»Absichtlich verbrannt? Aber von wem?«

Dann polterte seine Mutter ins Zimmer.

Eine Inszenierung. Die alte Dame stützte sich jetzt auf zwei Spazierstöcke. Es sah aus, als ob sie Ski fahre. Hatte sie im Garten gearbeitet? Unter dem Arm hatte sie eine ausgerupfte Pflanze. Sie blieb stehen, dann hielt sie die Pflanze in die Höhe. Erde rieselte herab. Sie starrte mich mit wütenden Augen an, dann schrie sie:

»Fleißiges Lieschen!«

Ich war verblüfft. »Wie bitte?«

»Ihr Hund!«, bellte sie. »Ihr Hund! Hat mein Fleißiges Lieschen ausgebuddelt!«

Ich sah die Pflanze an und begriff. Ich entschuldigte mich sofort für den Schaden. So etwas machte Winston sonst nie.

»Ihr Hund hat alle meine Lieschen ausgegraben! Alles verdorben, alles verwüstet!«

»Verschwinde, Ma! Verflucht noch mal, wir unterhalten uns!«

»Nein. Das ist mein Haus. *Du* verschwindest!«

»Bitte, Ma. Ich sage es noch einmal. Raus!«

Ich war entsetzt. So mit seiner eigenen Mutter zu reden.

»Nein!«, brüllte sie zurück. »Raus mit *dir*!«

Ich konnte es nicht glauben!

Aber Mémère war noch nicht fertig. »Rede nicht so mit deiner Mutter, du Dreckskerl!«

»Wenn ich ein Dreckskerl bin, dann bist du ein Dreckstück«, schrie er zurück, »ich bin schließlich dein Sohn!«

Dann verfielen sie beide ins Französische, und ich bekam nicht mehr mit, was sie sagten, ging aber davon aus, dass die gegenseitigen Vorwürfe eher noch heftiger wurden.

Ich brauchte frische Luft. Am liebsten wäre ich nach draußen gerannt, aber wieder nahm ich mich zusammen. Auch das war ein Test, und ich musste ihn be- und überstehen.

Jack erhob sich. »Entweder du gehst oder ich, und diesmal ist es mir ernst! Raus! Raus aus diesem Zimmer!«

»Dann verschwinde! Na mach schon!«, feuerte Mémère zurück. »Na mach schon, du Held! Und nimm deine Schlampen mit.« Und nachdem sie noch ein letztes Mal »Alle meine Fleißigen Lieschen!« gebrüllt hatte, war sie wieder fort.

Jack und ich sahen uns an. Ich bekam keine Luft mehr. Er gab mir ein Zeichen, ich solle ihm durch die Hintertür nach draußen folgen. Ich stand auf und folgte ihm.

In dem kleinen Garten hinter dem Haus sah ich den Schaden. Seit unserer Ankunft hier war der arme Winston vollkommen durcheinander und hatte jede einzelne Pflanze ausgegraben. Das Blumenbeet war umgepflügt. Ich versprach, ihnen neue Pflanzen zu bringen. Erst als ich ein leichtes Grinsen auf Kerouacs Gesicht sah, riskierte ich zu sagen: »Ich denke, damit wären wir quitt.«

Er nickte. Das gefiel ihm. Seine peinliche Anmache war durch die Wühlarbeit meines Hundes in den mütterlichen Blumenbeeten abgegolten.

Aber auch an diesem zweiten Tag war ich ungeheuer erleichtert, als ich zum Hotel zurückkehren konnte und der Bungalow der Kerouacs im Rückspiegel meines Plymouth verschwand.

Selbst eine Bibliographie würde unter diesen Umständen harte Arbeit sein.

23. Mai 1968

Diesmal war es Mrs. Gabrielle Kerouac, oder »Mémère«, wie die Frankokanadier ihre Mütter nennen, die an die Tür kam.

Ich hielt ihr eine Palette mit Pflanzen hin, die ich kurz vorher im Gartencenter gekauft hatte. »Hier ist Ihr Fleißiges Lieschen.« Dabei mühte ich mich, nicht zu lachen, allerdings nur mit begrenztem Erfolg.

Sie errötete, dann bat sie mich herein und rief ihrem Sohn im Nebenzimmer zu:

»Jackie! Deine Blumenmörderin ist da!«

Als ich die Pflanzen abgestellt hatte, merkte ich, dass ich allein war. Die Tür zum Arbeitszimmer war angelehnt.

»Sie sind spät dran«, erklang es von drinnen.

»Tut mir leid«, rief ich.

Als er nicht herauskam, um mich zu begrüßen, ging ich schnell zurück zum Auto und wuchtete noch einen weiteren Gegenstand aus dem Kofferraum: ein schweres Tonbandgerät.

Als ich wieder ins Wohnzimmer kam, wartete er dort auf mich. »Wozu soll das gut sein?«

»Ich habe irgendwo gelesen, dass Sie gern Gespräche mit Ihren Freunden aufzeichnen. Deshalb wollte ich, wenn es Ihnen nichts ausmacht, unsere Gespräche gern mitschneiden.«

Er starrte das Tonbandgerät an, nahm es mir zögernd aus der Hand und stellte es ab. Empfand er es als Bedrohung? Schließlich zuckte er mit den Schultern. »Wissen Sie überhaupt, wie man das Band einfädelt? Soll ich es für Sie machen?«

»Ja bitte. Ich habe das Gerät von der Universität ausgeliehen.« Auf einem metallisch glänzenden Prägeetikett stand: *Universität Berkeley*.

Als er das Band an den Walzen und Magnetköpfen vorbeiführte, spürte ich, dass ich in seiner Gegenwart immer noch sehr nervös war. Von seiner überraschenden Anmache am ersten Tag einmal abgesehen, kannte ich diesen Mann fast in- und auswendig. Es hatte etwas von der anonymen Vertrautheit zwischen einem Stalker und seinem Opfer. Da er in seinen Texten so gut wie alles über sich offenbarte, hatte ich ihn schon in allen Lebenslagen erlebt: hungrig, high, geprügelt, pinkelnd, weinend, verliebt, im Bett, im Irrenhaus und beim Gebet. Ich hatte die Beschreibungen seiner eigenen Orgasmen (laut), seiner Toilettenbesuche (analfixiert), seines

Beinleidens (Venenentzündung) gelesen. Ich hatte ihn sogar tot gesehen (*Ode to Welcome Earth, 55 Seiten, unveröffentlicht, 1953*). Ich kannte seine Lebensgeschichte bis ins Detail. Schließlich war ich ein unersättlicher Fan gewesen. Hatte meine Studentenbude mit Bildern von Kerouac, aus hundert verschiedenen Quellen ausgeschnitten, tapeziert. Seine bedeutenden und auch die weniger bedeutenden Werke in zahlreichen Ausgaben, dazu alles, was ich an Sekundärliteratur finden konnte, stand in meinen Regalen oder stapelte sich auf meinem Schreibtisch, weil ich ständig damit arbeitete. Ich hatte mich lange und gründlich auf diese Treffen vorbereitet, und hier saß ich nun weniger als einen Meter von ihm entfernt, und er blickte *mir* ins Gesicht, während er das Tonbandgerät in Gang brachte. Ich konnte ihn sogar riechen, seinen ungewaschenen Körper, meine Füße standen auf dem Teppich seiner Mutter, seine Schreibmaschine, für die in nicht allzu ferner Zeit Sammler unfassbare Summen bieten würden, war in Sichtweite. Ein frisches Blatt war eingespannt, und die neu getippten Wörter konnte ich auf die Entfernung sogar fast lesen. Sofort war ich neugierig. Was waren das für Worte? Was für *Gedanken*? Arbeitete der Mann womöglich selbst jetzt noch an einem neuen Buch? Es war allerdings wahrscheinlicher, dass es ein Brief war. Natürlich war es ein Brief.

Jetzt hatte er das Band eingefädelt. Er schaltete das Gerät sogar für mich ein. Das Band ruckte kurz, dann lief es gleichmäßig an. Wir wurden aufgenommen! Wir beide. (Die Weintraub-Bänder! Würden sie eines Tages berühmt sein und ich vielleicht auch? Dagegen hatte ich prinzipiell nichts einzuwenden.) Das war der Punkt, an dem mir klar wurde, dass unsere Lebenswege plötzlich parallel liefen, dass ich ab jetzt einen wie auch immer gearteten Platz in seiner Geschichte haben würde und dass ich, selbst wenn sonst nichts anderes bei unserer Begegnung herauskam, zumindest für alle Zeiten diese Aufnahme haben würde, dieses Andenken auf Tonband, seine Stimme (und meine!) bis in alle Ewigkeit gemeinsam festgehalten.

WEINTRAUB   Also ... vielleicht sollten wir mit ... dem Entstehungsdatum von *The Town and the City* anfangen, Ihrem ersten veröffentlichten Werk. Das war – 1945? Sie haben im Jahr '42 im Militärlager angefangen, es zu schreiben?

KEROUAC   Sie kennen sich aus, das muss ich sagen.

WEINTRAUB   Danke.

KEROUAC   Ja. Ungefähr '42 habe ich angefangen.

WEINTRAUB   Das Studium an der Columbia hatten Sie aufgegeben?

KEROUAC   Nur die Footballmannschaft. Meine

Interessen … sagen wir, sie entwickelten sich weiter. Ich meldete mich zur Marine.

(Pause)

WEINTRAUB   Haben Sie es schnell geschrieben?

KEROUAC   Na ja, ich hatte einen kleinen Nervenzusammenbruch, der hat mich schon ein bisschen gebremst.

Wir redeten über seine ersten Versuche, einen Roman zu schreiben. Ein unveröffentlichtes erstes Manuskript, *The Sea is my Brother*, gibt uns eine Vorstellung von dieser Zeit: das Ausbildungslager, Newport, Rhode Island, niedere Arbeiten, mit denen die Unteroffiziere der Marine Jack schikanierten und seinen Lebensmut binnen kurzem brachen. Und eines Morgens warf er beim morgendlichen Exerzieren sein Gewehr hin, marschierte in die Kasernenbibliothek, erklärte sich zum Feldmarschall, verbat sich jede Maßregelung und verlangte stattdessen ein Fernglas.

Er wurde ins Bethesda-Militärhospital in Maryland gebracht, wo er irre redete. Auf die Frage, wer er sei, antwortete er:

»Dr. Johnson.«

Als »schizophren« diagnostiziert, schrieb man ihm »angelische Tendenzen« zu. Anders ausgedrückt, er hatte eine Menge falscher Vorstellungen von sich selbst. Fest entschlossen, das in den Griff zu bekommen, tat er jede niedere Arbeit, die ihm angeboten wurde, und schuf sich durch einfache geistige Übungen ein Mittel, um aus seiner Identitätskrise herauszukommen. Er notierte die Essenszeiten sekundengenau, legte Listen von allem Möglichen, von Wäsche- bis zu Schichtwechseln, an, bewertete die Leistungen seiner Gefängniswärter, führte Buch über das Essen auf seinem Teller. Und Stück für Stück kehrte seine Persönlichkeit zurück. Schließlich verabschiedeten die Psychiater Kerouac mit Handschlag und ließen ihn gehen.

WEINTRAUB Sie schrieben sich sofort wieder an der Columbia ein. Das war im Jahr …

Vor mir saß der todkranke Kerouac und trug seinen Schlafanzug unter der Hose (ich sah den Bund mit der Schleife), aber ein wenig Genie steckte doch immer noch in ihm. Er stand auf und legte eine Platte von Charlie Parker auf, und mit erhobenem Zeigefinger und erhobener Augenbraue wartete er auf die ersten Takte von »What is this Thing Called Love?«

KEROUAC Oktober … ungefähr Oktober '42 muss das gewesen sein.

WEINTRAUB   Sie meinen '43.

KEROUAC   Ich meine '43.

Für jemanden mit einem angeblich so guten, ja phä-
nomenalen Gedächtnis hatte er erkennbar Mühe,
sich auch nur an die einfachsten Daten zu erinnern.

KEROUAC   Los, machen wir weiter! Es geht doch
nur um eine Liste der Bücher, oder? Wenn wir
in dem Tempo weitermachen, brauchen wir ein
ganzes Jahr.

Ich war gern bereit, die nächste Phase seines Lebens
ganz kurz abzuhandeln – die erste Begegnung mit
Ginsberg (in der 118. Straße, der Wohnung von Edie
Parker, die später Jacks erste Frau werden sollte),
mit Lucien Carr (ebenfalls in Edies Wohnung), William W. Burroughs (West End Bar, Times Square,
im selben Jahr) und vielen anderen –, denn ich
wartete ungeduldig auf den großen Auftritt von
Neal Cassady. Ich wollte von Jack hören, welche
Auswirkungen das auf ihn gehabt hatte, und, noch
wichtiger, welche Wirkung Jacks Schlüsselroman
auf Neal gehabt hatte.

Aber jetzt hatte Kerouac es mit einem Mal gar
nicht mehr eilig.

WEINTRAUB   Und danach haben Sie die Arbeit an *The Town and the City* abgeschlossen ... Wann genau?

KEROUAC   Hm ... also ich war wieder an der Columbia Universität. Ich habe das Manuskript meinem Professor gezeigt, Van Doren, und es hat ihm gefallen. Der hat schließlich einen Verleger dafür gefunden. Aber natürlich hat niemand das Buch gelesen.

WEINTRAUB   Van Doren. Der bekannte Dichter.

KEROUAC   Er hat den Pulitzerpreis bekommen, der arrogante Sack. Ja, Van Doren hat mir auf die Sprünge geholfen. Er hat etwas in mir gesehen. Hat den Stein ins Rollen gebracht.

WEINTRAUB   Also noch mal, wann waren Sie fertig mit *The Town and the City*? Tut mir leid, wenn ich Ihnen auf die Nerven gehe, aber ich brauche eine klare Vorstellung vom zeitlichen Ablauf, damit ich weiß, wo die Bücher hingehören.

KEROUAC   Wann ich damit fertig war? Hören Sie, ein Kunstwerk ist niemals fertig, man hört nur irgendwann auf, daran zu arbeiten. W. H. Auden hat das gesagt. Ich habe ihn übrigens mal getroffen. Das war im Krieg. Nachdem er diese Zeilen geschrieben hatte: »Ich und die Menschen wissen / Was jedes Schulkind erhellt / Der, dem man antut Böses / Bekommt es mit Bösem vergelt'.«

Die alte Schwuchtel ist im Krieg auf Partys auf-
getaucht und hat versucht, die hübschesten Jungs
abzuschleppen. Das rückt diese Verse doch gleich
in ein ganz anderes Licht, was? *(Fuchteln mit der
W.-C.-Fields-Zigarre).*

WEINTRAUB Und das Datum?

KEROUAC Schon gut, hetzen Sie mich nicht so.
Mal sehen, also … dieser Ginsberg war ein Be-
kannter von Edie, meiner Freundin. Und über
den lernte ich dann die ganzen anderen Schwuch-
teln kennen. Burroughs und Konsorten. Dave
Kammerer, Lucien und ich und dann schließlich
Neal Cassady, wir waren die einzigen Heteros,
der Rest war schwul.

WEINTRAUB Sie wussten also von Anfang an, dass
Ginsberg und die anderen homosexuell waren?

KEROUAC Na ja, bei Ginsberg war das nicht
schwer zu erraten. Jeder andere auf dem Campus
hatte Fotos von Rita Hayworth an der Wand. Bei
Ginsberg hing Gainsboroughs *Knabe in Blau.*
Dreimal dürfen Sie raten.

In jedem seiner Bücher liefert Kerouac eine andere
Version dieser prägenden Begegnungen. Kerouac in
Unterhosen an Edies Frühstückstisch; als er sich
umdreht, fällt sein Blick auf einen schmächtigen,
irgendwie jüdisch aussehenden Jungen mit Horn-

brille und nach hinten gekämmtem schwarzen Kraushaar. Das war Allen Ginsberg: unsicher, naiv, eine achtzehnjährige Jungfrau – drei der lästigsten Eigenschaften, die man in Kriegszeiten überhaupt haben konnte. In den Jahren danach sollten viele der bedeutendsten homoerotischen Gedichte Amerikas aus seiner Feder fließen, aber zu diesem Zeitpunkt war er noch völlig unfertig, er hätte sich ebenso gut in einen Rabbi wie in einen Rabelais verwandeln können. Sein Vater war ein unbedeutender Poet. Seine Mutter schlurfte durch die Gänge eines Irrenhauses und murmelte wirres Zeug vor sich hin. Ginsbergs einzige Hoffnung war, dass die Kunst ihn vor diesem Schicksal bewahren würde.

WEINTRAUB   Und was war mit William Burroughs? *(Ich kam vom Thema ab, aber das Band lief und lief und zeichnete alles auf.)*
KEROUAC   Burroughs? Ach, bei dem sah man auf den ersten Blick, dass er schwul war. Er zog sich an wie … na ja, wie eine Art Mischung aus Pinkerton-Detektiv und abgewracktem Filmstar, einem, der noch in irgendeinen Skandal mit einem Minderjährigen verstrickt war.

Jack malte mit seinen Worten ungeheuer lebhafte Bilder, er hatte nichts von seinen Fähigkeiten verloren: Burroughs in der hintersten Ecke der West End Bar, die knochigen Schultern hochgezogen »wie ein Adler auf seinem Ast«, das Gesicht eine kreidebleiche neunundzwanzigjährige Totenmaske, auf der man ablesen konnte, dass Generationen von Vorfahren um der Macht willen geheiratet hatten, ohne groß auf Schönheit zu achten. Burroughs: amerikanische Aristokratie, verwandt mit Multimillionären; eine kleine regelmäßige Geldspritze ermöglicht ihm einen Lebensstil, der für andere Studenten unerreichbar ist. Er ist nicht mehr Vollzeitstudent in Columbia, aber immer noch Mitglied im Tennisclub. Nennt sich Lebensreisender, Essayist, Drogenkenner, aber er verbringt seine Tage überwiegend mit der Psychoanalyse, auf der Couch eines Seelenklempners, wo sein Hirn düstere Gedanken ausspuckt. Seinen ersten Zusammenbruch hat er schon hinter sich, und eine Wiederholung wäre ihm nicht unwillkommen. Wilhelm Reich interessiert ihn sehr. Er vertritt die These, dass die Grundbausteine des Universums sexuell aufgeladen sind. Da er in Chicago bei Korzybski Semantik studiert hat, spricht er in Sentenzen, die zu jedem Thema »das letzte Wort« sein sollen. »Was Kunst ist und was nicht«, deklamiert er im schleppenden Tonfall des Mittleren Westens, »hängt davon ab, wie man das Wort Kunst *defi-niiiert*. Wenn man eine weite Definition wählt, kann natürlich *aaaalles* als Kunst gelten, sogar wir vier, die wir hier zusammensitzen. Aber das wäre schon eine *ex-treeeem* weite Definition.« Und fast im nächsten Atemzug: »Der Hauptgrund, warum man Peyote nimmt, ist natürlich, dass man das *Weeeesen* des Bewusstseins aus dem Blickwinkel des Irrsinns erkundet.« Am Ende jedes Satzes wird die Stimme zusehends leiser, als sei jede seiner Äußerungen so offensichtlich, dass es sich nicht lohnt, sie zu vollenden. »Es gibt nichts, was ich weniger will als eine *aaan-haltende Waaaahr*-nehmungsstörung, und ich vergleiche meine eigenen Experimente mit William James' Versuchen mit Lachgas.« Er zieht eine Pistole aus der Tasche und demonstriert ihre Funktion in einer öffentlichen Bar.

WEINTRAUB Und ... Sie selbst waren nie ... schwul oder hatten homosexuelle Erfahrungen?

KEROUAC *(Die Frage war offenbar nach seinem Geschmack.)* Ich? Schwul? Nein. Aber ich glaube, einige von den Typen, denen ich gestattet habe, mir einen zu blasen, waren es vielleicht. Ich hab nicht daran gedacht, sie zu fragen.

WEINTRAUB Meinen Sie nicht, dass das als homosexuelle Erfahrung gelten könnte? Wenn man sich von einem anderen Mann einen blasen lässt?

KEROUAC Kommt drauf an, wie besoffen man ist. Im nüchternen Zustand heißt es vermutlich, dass man schwul ist. Aber worauf wollen Sie eigentlich hinaus?

WEINTRAUB 'tschuldigung. Die Versuchung, nach so etwas zu fragen, ist einfach zu groß. Nach all den Jahren des Lesens. Jetzt wo ich endlich hier bin.

KEROUAC Hören Sie, die Leute machen sich eine viel zu romantische Vorstellung von dieser Zeit. Wir waren genau wie andere junge Leute, die lesen, bis ihnen die Augen aus dem Kopf fallen.

WEINTRAUB Irgendwo habe ich gelesen, dass Sie sich eines Abends in den Daumen geschnitten und mit dem Blut aus dieser Wunde an den Spiegel geschrieben haben: »Die Kunst ist die höchste Aufgabe und die eigentlich metaphysische Tätigkeit dieses Lebens.« Ein Nietzsche-Zitat.

KEROUAC (*Schweigen.*) Na ja, ich hatte kein Pflaster zur Hand. Was sollte ich da machen?

WEINTRAUB Sie haben sich alle sehr ernst genommen. Kommt einem zumindest so vor. Viel ernster, als es normale Studenten heute tun.

KEROUAC Na ja, das waren andere Zeiten. Jeder hielt sich für Rimbaud oder Spengler. So war das damals. Vierzig Millionen Menschen waren umgekommen. Und irgendwie war es auch Van

Dorens Schuld. Seine Seminare haben uns aufgeputscht. Ich meine, der Mann hat Allen und Lucien und mir ständig Einsen gegeben und uns wie Genies behandelt. Am Ende hielten wir uns alle für Tolstoi, und das war ein regelrechter Rausch. Wir haben nächtelang in unseren Studentenbuden oder in Edies Wohnung gesessen und esoterische Bücher diskutiert; wir haben geredet, als ob die ganze Welt erwartungsvoll auf uns blickte und auf Antworten hoffte, als ob Millionen auf unsere Entscheidungen warteten, als ob sie just in dem Augenblick auf dem Petersplatz wachten und Ausschau hielten, welche Farbe der Rauch hatte, der aus unserem Schornstein aufstieg.

WEINTRAUB   Edie Parker, Ihre erste Frau. Das ist für mich eine interessante Gestalt. Vom feministischen Standpunkt gesehen. Genau wie Joan Haverty, Ihre zweite Frau. Ziemlich wenig beachtet, alle beide. Aber zu jenem Zeitpunkt scheint Edie eine zentrale Rolle gespielt zu haben. Sie hat Sie vielleicht nicht wirklich beeinflusst, aber was Sie über ihre Wohnung sagen, klingt sehr nach einem literarischen Salon, wo Sie alle zusammengekommen sind und Ihre Ideengefechte ausgetragen haben. Und aus diesen Ideen haben Sie das Manifest entwickelt, das seither ... na, fast so etwas wie eine gesellschaftliche Revolution ausgelöst hat.

KEROUAC Ihre Hühnerpastete, die war der Schlüssel. Die hat alle angelockt. Ohne die hätte es keine Beat Generation gegeben. Mannomann! Ich habe den Geschmack noch heute auf der Zunge. Sie hatte irgendeinen Trick drauf mit der Kruste, keine Ahnung. Hat den Rand mit zwei Fingern in Wellenform gedrückt. Junge, Junge, damals waren wir halb verhungert. Halb verhungert!

WEINTRAUB Sie wurde Ihre erste Ehefrau.

KEROUAC Eine riesige alte Wohnung an der Hundertachtzehnten hatte sie.

WEINTRAUB Wir haben jetzt vielleicht nicht die Zeit … aber irgendwann müssen Sie mir unbedingt erzählen, wie das alles gekommen ist. Wie Sie sie kennengelernt haben.

KEROUAC Wie ich sie kennengelernt habe? Das kann ich Ihnen sofort erzählen.

Edie Parker hatte immer eine Ausgabe des *Daily Worker* in der Tasche und forderte jedermann gleich beim ersten Treffen auf, *Quell der Einsamkeit* zu lesen, die lesbische Bibel. Bis zum Jahr 1944 hatte sie bereits mit über fünfzig Männern geschlafen. Zahlen waren für sie das Maß der sexuellen Emanzipation. In diesem Punkt war sie ihrer Zeit voraus. Mit ihrer großzügigen, zupackenden, polemischen, erotischen

Art war sie die moralische Eisbrecherin der Gruppe. Viele Männer hatten Angst vor ihr. Nicht so Jack. Allein schon die Tatsache, dass sie vermutlich nie von einem Mann einen Ehering haben wollte, begeisterte ihn. Außerdem hatte sie eine Vorliebe für schnellen, wortlosen Sex, seine Stärke. Eine echte Schlafzimmeramazone. Kerouac hatte bei ihr nie das Gefühl, dass er zu ungestüm war. Vasen und Stehlampen gingen zu Bruch. Und in der Regel war er in noch nicht einmal einer Minute fertig, was sie völlig in Ordnung fand. Wenn er sich damit brüstete, wie heiß er sie machte, ließ sie ihm seine Illusionen. Sie lachte und nährte seine Eitelkeiten, lobte diesen Trampel sogar dafür, dass er Rekorde brach, sang Loblieder auf ihn als schnellsten Liebhaber aller Zeiten. Jedes Mal wenn er sie in ihrer Wohnung im vierten Stock besuchte, wartete sie im Morgenrock auf dem Treppenabsatz, bis er in dem Aufzugkäfig emporschwebte. Da der Seidenmantel halb offen stand, wehte Kerouac beim Aufstieg eine schwere Parfümwolke aus ihrem Dekolleté entgegen. Die Motoren ächzten, bis ihr schwergewichtiger Verehrer in Sicht kam – erst der Kopf, dann die Schultern, dann der Torso, dann das Prachtstück in voller Größe – und sie mit seinem Dressman-Lächeln durch das filigrane Gitterwerk begrüßte. »Wie geht's dir, Baby?«, sagte sie dann, noch ehe er etwas sagen konnte.

»Oh, immer bergauf«, rief er zurück.

Sie liebte ihn, diesen Schlawiner frisch aus der Klapsmühle. Und auf dem Weg in die Wohnung verlor sie keine Zeit; sie nahm ihn direkt mit ins Schlafzimmer.

KEROUAC   Und das ist ungefähr die Zeit, in der Cassady mit ins Spiel kam.

WEINTRAUB   Und wie … wie haben Sie ihn kennengelernt? Können Sie das so genau wie möglich erzählen?

KEROUAC   Oh, Neal? Ich habe bei einem Freund von mir in Greenwich Village an die Tür geklopft, und da macht so ein Typ auf. Splitterfasernackt, verstehen Sie? Hinter ihm ein sensationell gutaussehendes Mädchen auf der Couch, das sich gerade nach dem Sex aufrappelt. Das war Neal in Aktion. Und er war kein bisschen verlegen, nicht im Geringsten – und dann bittet er mich herein wie einen lange verschollenen Bruder. Cassady pur. Da haben Sie ihn, kurz und knapp. Alles was Sie über ihn wissen müssen.

WEINTRAUB   Er sah sehr gut aus. Sie waren beide sehr gutaussehend. Zwei Adonisse.

KEROUAC   Sie reden in der Vergangenheit? *(Trinkgeräusche sind auf dem Band festgehalten.)* Meinetwegen. Vergangenheit. Jetzt bin ich ein Wrack.

Keiner mehr da, den ich beeindrucken könnte. Aber damals, ja, damals waren wir beide ziemlich ansehnlich. Wir waren Brüder. Die Leute hielten uns ohnehin für Brüder. Und in den wichtigen Fragen waren wir das auch.

Cassady. Aufgewachsen auf den Straßen von Denver, wo er mit seinem besoffenen Vater in Hauseingängen schlief. Sein größtes Talent war das Autofahren, die Wagen waren seine größte Liebe. Mit zweiundzwanzig war er bereits ein alter Hase, hatte diverse Erziehungsanstalten und zwei Gefängnisaufenthalte überstanden. Er behauptete, er habe fünfhundert Autos auf dem Konto. Aber anders als die meisten seiner Zellengenossen las er Schopenhauer und Proust. Diese merkwürdige Mischung verschaffte ihm nach seiner Entlassung Zutritt zu der Columbia-Clique, die sich bei Edie Parker traf. Er hatte den windhundschlanken Körper eines Stierkämpfers, drahtig und muskulös. Seine Standardkleidung waren Jeans und ein weißes T-Shirt. Reden konnte er nur auf eine Art und Weise: in maschinengewehrschnellen Auflistungen dessen, war er an diesem speziellen Tag getan, gedacht oder geträumt hatte, und sein endloser Redeschwall war ebenso hypnotisierend wie unverständlich. Mit diesen Mitteln konnte er sogar eine kluge Frau abschleppen und binnen einer halben Stunde ins Bett kriegen, wenn auch nur, um sich anschließend für das, was er getan hatte, zu hassen, weil er das Gefühl hatte, dass er nicht nur seine derzeitige Verlobte (er hatte immer eine derzeitige Verlobte) verraten hatte, sondern auch die wahre Natur seiner Seele, die im Grunde religiös, ja geradezu mönchisch gestimmt war. Er hatte eine Vision von sich selbst als keuschem Mönch. Lächerlich? Nicht für Neal. Aus Schmerz darüber, wie weit er von solch einem beschaulichen Leben entfernt war, startete er zur nächsten Sauftour, suchte Trost bei einer neuen Nymphe, die er in irgendeine Barnische lockte und mit Worten einwickelte, bis sie am Ende gefügig im Netz zappelte und sich nur zu bereitwillig verschlingen ließ.

WEINTRAUB Er war anscheinend in gewisser Hinsicht ein Außenseiter. Der Einzige ohne Bildung. Ziemlich verletzlich.

KEROUAC Er hat uns andere wie Helden verehrt. Wegen unserer Schulbildung, nehme ich an. Weil wir aus guten Familien kamen, jedenfalls in seinen Augen. Im Vergleich zu ihm stammte jeder von uns aus einer anständigen Familie. Aber eigentlich haben die anderen ihn auch wie einen Helden verehrt. Er sah gut aus, eine Art

Märchenprinz, auf den junge Mädchen fliegen. Was für ein Verführer! Ich konnte ihm nicht annähernd das Wasser reichen. Und er war damals der Einzige von uns, der ein Auto hatte, denn im Krieg hatte niemand Geld für Benzin. Aber er hatte einen alten, zerbeulten Plymouth, vermutlich geklaut, und immer wenn er unterwegs war, war die Rückbank voll mit lachenden, singenden, johlenden Leuten, die alle aus derselben Flasche tranken. Keine Ahnung, wer die waren. War auch nicht wichtig. Er war '45 die große Attraktion, ein Star, alle kannten ihn. Das Autoradio aufgedreht, Benny Goodman, Tommy Dorsey und Vaughn Monroe, und auf der Fahrt an der West Side trommelte Neal beidhändig aufs Armaturenbrett und lenkte mit dem Knie, hoch zum Morningside Drive, ohne Bremsen, getrieben von einer Art manischer Energie, die die Leute faszinierte. Er war ein Kind von der Straße, und er brachte uns armseligen Bücherwürmern, uns halbeuropäischen Möchtegernintellektuellen alles bei, was er auf der Straße gelernt hatte. Er war wie eine Bombe, die gerade hochgeht. Er hat buchstäblich jeden von uns auf Trab gebracht. Leben für den Augenblick. Das war sein größtes Talent. Aber dann wurden die Drogen immer härter, wir hatten die kleinen Gauner vom Times Square auf den

Fersen, und da war es mit der Unschuld vorbei. Es war ein Jammer. Alles so schnell vorbei. Die Jugend ist wie ein Blitz.

WEINTRAUB   Und in welchem Jahr war das genau?

KEROUAC   Hm ... das muss so ... damals war ich ... Augenblick ... das war kurz vor dem Mord. Und der Krieg war gerade zu Ende.

WEINTRAUB   Dem Mord? Lucien Carrs Mord an Kammerer?

KEROUAC   Genau. Danach brach die Clique auseinander. Unmittelbar nach dem Krieg. Ja, der Mord war wirklich der Schlusspunkt, das Ende einer goldenen Zeit, unsere Vertreibung aus dem Paradies. Danach war es nie wieder so wie vorher. Unsere Wege trennten sich, und jeder suchte nach seinem eigenen Arkadien, aber wir haben es nie gefunden.

Für die meisten Menschen ist die Zeit vor ihrer Heirat eine glückliche Zeit, mit Blumen, guten Wünschen, gemeinschaftlichen Unternehmungen; doch Kerouacs kurze Ehe mit Edie Parker stand unter dem Vorzeichen eines Mords.

Als Lucien Carr, der jungenhafte, blonde, blauäugige Sohn einer Oberschichtfamilie aus St. Louis und ebenfalls Mitglied des innersten Zirkels, zu dem Schluss kam, dass er die unerwünschten Liebesbeteuerungen seines einstigen Pfadfinderführers Dave Kammerer nicht mehr ertragen konnte (ein Mann, der Lucien zehn Jahre lang von Stadt zu Stadt gefolgt war, weil er sich nicht von ihm lösen konnte), stieß er ihm eines Nachts am Ufer des Hudsons sinnigerweise ein altes Pfadfindermesser in die traurige Brust. Ein goldenes Zeitalter endete mit Kammerers ominösen letzten Worten: »Das ist also aus mir geworden.«

Lucien beschwerte die Leiche mit Steinen und ließ sie mit der einlaufenden Flut ins Meer hinaustreiben; die Sandalen des Pfadfinderführers tanzten im Mondlicht auf den Wellen ... dann ging er zu Jack und weckte ihn. Ein blutverschmiertes Hemd. Sie tranken billigen Bourbon und überlegten, was sie tun sollten. Auf Anraten von Burroughs stellte Lucien sich freiwillig der Polizei, und bei der nachfolgenden Durchsuchung der Studentenwohnheime an der Columbia wurde eine solche Vielzahl von Beweisen für Drogenkonsum, sexuelle Perversionen und subversive Ideologien sichergestellt, dass die Behörden schon glaubten, sie hätten eine revolutionäre Schwulensekte enttarnt.

KEROUAC   Die Bullen müssen geglaubt haben, wir seien eine Bedrohung für die nationale Sicherheit. Also blieb mir nichts anderes übrig, als Edie zu heiraten. Und zwar schnell. Anständig werden, um nicht als Homo im Knast zu landen. Die hielten mich auch für stockschwul, deshalb musste ich schnell etwas unternehmen.

Auf dem Band hörte man, wie er sein Glas erneut mit Bier und einem Schuss Whisky füllte.

KEROUAC Und plötzlich bin ich mit Edie verheiratet und lebe ein paar Wochen lang den Alptraum des Durchschnittsamerikaners.

Alptraum? Kerouac beschrieb alles so eingehend auf dem Tonband. Zweimal musste ich die Spule wechseln, um seinen umfassenden Bericht festzuhalten: Lucien sagte vor Gericht aus, die Avancen eines widerlichen Homosexuellen hätten ihm das Leben zur Hölle gemacht und er habe ihn aus Notwehr erstochen; er kam mit zwei Jahren Gefängnis davon. Die Anklage gegen Burroughs und Kerouac wurde fallengelassen. Cassady, der wegen seines Vorstrafenregisters auf keinen Fall mit in die Sache hineingezogen werden wollte, hatte sich beim ersten Anzeichen von Ärger aus der Stadt abgesetzt. Ihr goldenes Zeitalter war vorbei. Die Tür zu ihrer Jugend fiel schwer und polternd ins Schloss. Alles war verloren außer der Erinnerung.

So begann Jacks Phase als braver Vorstadtbürger, sein nächstes Identitätsexperiment. Durch die Umstände unvermittelt in eine neue Rolle hineinkatapultiert, zog er mit seiner frischgebackenen Ehefrau nach Grosse Pointe und begann im Haus ihrer Eltern mit der Arbeit an einem konventionellen Roman über seine Kindheit. Vormittags schrieb dieses Chamäleon *The Town and the City,* nachmittags zimmerte er im Garten Bücherregale. Er bestellte Schraubenschlüssel per Versandhandel, trug eine vom Schwiegervater geborgte Strickjacke, plauderte mit Nachbarn über die Vorteile eines Grundstücks in Südlage; und vor dem Schlafengehen wanderte er durch die Straßen der Vorstadt, tief in Gedanken versunken, und beschwichtigte die Hunde der Nachbarschaft, die vielleicht als Einzige merkten, dass er allen etwas vormachte.

Dieses häusliche Experiment dauerte einen Monat. Nach vier Wochen hatte er die Nase voll. Edie fand die unterste Schublade der Anrichte leer. Tränen gruben breite rosa Bahnen in ihr dickes Make-up, als ihr klar wurde, dass sie gerade einen Ehemann an die Literatur verloren hatte.

Sie war schwanger.

WEINTRAUB Und das war der Augenblick, in dem Sie sich mit Neal zusammentaten und mit ihm auf Reisen gingen.

KEROUAC   Ja, ich bin losgezogen und habe ihn ge-
sucht. Danach sind Neal und ich ein bisschen zusammen rumgefahren.

WEINTRAUB   Die berühmten Autofahrten.

KEROUAC   Ja, die berühmten Autofahrten. Damals
habe ich das wahre Amerika gesehen.

WEINTRAUB   Und wie war das?

Langes Schweigen, dann:

KEROUAC   Ein Traum der Götter, der längst ausgeträumt ist.

Als ich wieder in meinem Motelzimmer war, hörte
ich mir die Aufnahmen des Tages an – seine meis-
terhafte Schilderung der Jahre zwischen 1950 und
1959, die (wenn ich daran erinnern darf) für mein
Vorhaben von zentraler Bedeutung waren. Jetzt
konnte ich diese körperlose Stimme mit mir her-
umtragen, wo immer ich wollte. Eingefangen auf
diesen Bändern hatte ich ihn für alle Zeit. Aber ich
war immer noch nicht zufrieden.

In seinem Bericht hatte er die Schwierigkeiten,
die er Dean eingebrockt hatte, umgangen. Da gab
es keine Selbstvorwürfe, keine Schuldeingeständ-
nisse, dass der Erfolg von *Unterwegs* Neals Niedergang beschleunigt hatte. In einer langen, frei

fließenden Darstellung hatte er die Zeit seiner Reisen mit Neal, die in der Veröffentlichung dieser mittlerweile berühmten Abenteuer gipfelte, nur am Rande erwähnt. Bei der Beschreibung seiner zweiten Ehe mit Joan Haverty im Jahr 1950 war er mehr ins Detail gegangen. Wieso nahm diese Episode in seiner Botschaft an die Nachwelt plötzlich so viel mehr Raum ein?

Mit ihren dunklen Haaren und ihrem attraktiven Äußeren waren Joan und Jack damals Anfang der fünfziger Jahren wie zwei Filmstars. Joans vorheriger Liebhaber war gerade ums Leben gekommen, als er durch das Fenster einer anfahrenden U-Bahn auf den Bahnsteig klettern wollte, der passendste Abgang der gesamten Beat Generation. Als der Zug sich in Bewegung setzte, schlug er in seiner Alberei mit dem Kopf gegen den heranrasenden Tunneleingang, wurde aus dem Fenster gerissen und unter die Räder des Zuges geschleudert. *La vie bohème*.

KEROUAC   Ich hatte keine Ahnung, dass er tot war, und wollte ihn besuchen. Als ich von der Straße aus zu ihm hochrufe, geht im Obergeschoss ein Fenster auf, und diese Frau, dieser Engel, dieser Filmstar streckt den Kopf heraus und fragt, was ich will.

Zwei Wochen später waren Jack und die Freundin des Toten verheiratet.

Eheleben. Joan hörte Händel, Jack spannte eine Rolle Fernschreiberpapier in seine Maschine und tippte innerhalb von drei Wochen ein Buch, das er ursprünglich *Visions of Neal Pomeroy* oder *The Beat Generation* nennen wollte, bevor er sich für den Titel *On the Road* entschied. Sechs Monate später kam die Scheidung, Jack tat sich wieder mit Neal zusammen, die beiden folgten weiter ihrem tragischen Schicksal, und Joan verschwand, genau wie zuvor Edie, von der Bildfläche.

Bei alldem, in dem ganzen Bericht, den ich auf Band aufgenommen hatte, zeigte er nicht einen Hauch von Bedauern über sein Verhalten, wie ich es eigentlich von ihm erwartet hätte. Kein Hinweis, dass etwas daran nicht richtig gewesen sei, kein Gefühl der Mitschuld an Neals Niedergang, kein schlechtes Gewissen bei dem Gedanken, wie er mit Joan umgesprungen war, nicht ein Fünkchen Mitgefühl. Wer war dieser Mann bloß, fragte ich mich, dieser riesige weiße Wal, der so selten aus der Tiefe auftauchte?

An einer Stelle auf dem Band bat ich ihn, mir zu beschreiben, wie Neal im Jahr '57 bei ihm aufkreuzte, als er gerade die Vorabexemplare von *Unterwegs* auspackte.

KEROUAC   Oh, er hat mich eiskalt erwischt … also hab ich Neal ohne groß nachzudenken das erste Exemplar des Buches in die Hand gedrückt – schließlich ist er der Held dieser armseligen, verrückten, traurigen Geschichte … und es war komisch, denn zum ersten Mal in unserem Leben hat er mir nicht in die Augen gesehen, sondern ist irgendwie meinem Blick ausgewichen – ich habe das nicht verstanden und verstehe es heute noch nicht – ich wusste, dass irgendwas schiefgehen würde, und wie sich später herausstellte, ging es mehr als schief …

Dann verstummte Kerouac, goss sich noch einen Drink ein und passte von da an genau auf, dass er sich nicht weiter belastete.

In diesem Augenblick klopfte es an meine Zimmertür.

Der Hotelmanager vielleicht? Ich sah auf die Uhr. Elf Uhr abends. Ich öffnete bei vorgelegter Kette. Kerouac. Ich starrte durch den Türschlitz auf das Phantom.

»Hier haben Sie sich also verkrochen«, sagte er mit einem Lächeln. »Ich mache gerade einen kleinen Spaziergang. Und da dachte ich, ich schau mal bei Ihnen vorbei.«

»Augenblick bitte«, würgte ich hervor.

Ich ließ die Kette vorgelegt, zog mir den Pullover um die Schultern, dann öffnete ich die Tür. Ich war zwar noch nicht im Nachthemd, aber für Besuch war ich auch nicht angezogen.

»Haben Sie was dagegen, wenn ich reinkomme? Ich habe Ihnen eine Kleinigkeit mitgebracht.«

Was blieb mir für eine andere Wahl? Er hatte mich auch nicht weggeschickt, als ich an *seine* Tür klopfte.

Er setzte sich auf den Hocker in der Kochecke. Ich entschied mich für das Bett, am weitesten von ihm weg. Er zog einen Joint aus der Brusttasche.

»Voilà. Wollen Sie mal probieren?«

»Nein danke. Nicht böse sein. Lieber nicht.«

»Wirklich nicht?«

»Nein.«

»Niemals? Sie machen Witze.«

»Nein.«

»Sie haben nie im Leben Gras geraucht, und trotzdem wollen Sie meine Biographie schreiben?«

»Ich, ähm … ich will Ihre Geschichte erzählen, ja, aber ich will sie nicht *leben*.«

Er nickte. Das schien er zu akzeptieren. »Nicht leben. Das gefällt mir.« Dann zündete er den Joint an und inhalierte mehrmals tief, hielt die Luft an wie ein Turmspringer. »Nehmen Sie einen Zug. Einen einzigen. Einen Zug. Nur einen …«, sagte er lockend, und wenn ich jetzt weiter nein gesagt hätte, hätte es ausgesehen, als ob ich missbilligte, dass er selbst rauchte. Also nahm ich ihm den Joint aus den Fingern, hielt ihn so vorsichtig, wie ich nur konnte, und nahm einen kleinen Zug, dann (weil er immer weiter drängte und nach ein paar Hustern meinerseits) noch einen. Danach wanderte der Joint zwischen uns hin und her, mit zunehmendem Tempo.

Zufrieden lehnte er sich zurück, entschuldigte sich, dass er so spät noch vorbeikomme, und ich saß dabei auf dem Bett, spürte, wie mein Kopf sich drehte, sich weitete, sich zusammenzog.

»Ich finde das schön, dass Sie da sind. Wollte ich nur mal sagen.«

»Ich finde es auch schön, dass ich da bin«, lallte ich.

»Ehrlich?«

»Ehrlich.«

»Hören Sie …«, sagte er, »da ist etwas, was ich sagen wollte. Ich weiß nämlich immer noch nicht, nicht mal jetzt in diesem Augenblick, ob Sie mich ermuntern oder nicht, das ist jetzt so lange her … und ich will nichts sagen, was Sie nicht hören wollen, klar?«

»Jack, bitte –« Mein Puls war völlig zum Erliegen gekommen. Mein Gesicht fühlte sich ganz taub an.

»Lass mich das sagen, Jan … ich will dir etwas sagen, verstehst du?«

»Es ist schon so spät, Jack.«

»Was ich nur sagen wollte … was ich sagen wollte … ich könnte dir Sachen bieten, von denen können diese jungen Kerle nur träumen. Mehr wollte ich nicht sagen.«

»Jack, nicht. Bitte.«

»Das war jetzt ungeschickt. Na, egal. Das wollte ich nur sagen. Ich mag dich, das ist alles.«

Ich bekam kaum noch Luft. Ich zitterte. Ich steckte mir die Hände unter die Beine, um sie warm zu halten. Meine Zunge fühlte sich wie ein Stück Teppich an. »Ich … ich mag Sie auch, Jack.«

»Tatsächlich?«

»Aber ich muss jetzt wirklich schlafen. Es war ein langer Tag.«

Er warf einen Blick auf das Tonbandgerät. »Ich hoffe, dieses Zeug ist zu was nütze.«

»Oh, das ist nützlich. Das ist sehr nützlich.«

»Gut.« Er erhob sich. »Na, dann gehe ich wohl besser. Vergessen Sie einfach, was ich gesagt habe, okay? Ich gehe jetzt besser.«

Er öffnete die Tür.

»Noch eins, Jack«, sagte ich, und plötzlich tat mir dieser einsame Mann leid.

»Was gibt es?«

»Ich habe gelogen.«

Er runzelte die Stirn. »Bei was?«

»Ich will nicht lügen. Ich vermeide es, so gut ich kann. Aber manchmal kommt es über mich. Ich muss mich entschuldigen.«

Er wartete, dass ich beichtete, was es war.

»Ich hatte doch schon vorher einen Joint geraucht.«

Da lächelte er. »Dachte ich mir. So was sieht man.«

Und damit begab er sich in das hinaus, was er einmal die »große amerikanische Nacht« genannt hatte.

Ich verschloss die Tür, schob sämtliche Riegel vor, dann sah ich ihm durch die Vorhänge nach, wie er die Straße hinauf Richtung Interstate davontrottete, die Straße, die immer wieder seine erste und letzte Zuflucht gewesen war.

24. Mai 1968

Als ich am nächsten Morgen zu unserer Vormittagssitzung kam, war ich verblüfft, wie anders er aussah. Er musste schon ganz früh aufgestanden sein. »War beim Friseur.«

Er hatte sich eine Frisur verpassen lassen, die an seine Jugendjahre erinnerte, an den Schläfen kurz und mit Seitenscheitel. Es war ein Schock, wie sehr ihn das veränderte. Er hatte sich auch rasiert, und ich roch ... ja ich roch deutlich Rasierwasser. Und am schlimmsten, er hatte sich in Jeans gezwängt, für die er jetzt mindestens fünfzig Pfund zu schwer war; und als sei das nicht genug, trug er ein abartiges Seidenhemd, mit orangefarbenen Papageien bedruckt, was der schizophrenen Erscheinung noch den letzten Schliff gab.

Ich errötete schwer, denn ich konnte nur schließen, dass er mich nach unserem Gespräch am Vorabend nun beeindrucken wollte. (Ich sollte hinzufügen, dass ich mich inzwischen sehr zurückhaltend kleidete, gerade um das zu vermeiden.)

»Haben wir einen besonderen Tag?«, fragte ich beklommen.

Er zuckte mit den Schultern. »Keinen besonderen.«

Mir sank der Mut. Es galt *mir*. Aber seine nächste Bemerkung ließ mich schon wieder hoffen:

»Ich habe überlegt … ich war nicht so hilfsbereit, wie ich hätte sein sollen. Das tut mir leid.«

»Wirklich?«

»Aber von jetzt an werde ich mich mehr anstrengen … Ich werde Ihnen helfen, dass Sie bekommen, was Sie wollen.«

Noch während ich ihm dankte, beugte er sich schon vor, um das Band einzufädeln. Er bat mich, mich zu setzen, damit wir anfangen konnten. Er war wie ausgewechselt. Ich wandte den Blick ab von dem Bauch, der ihm über den straff geschnürten Gürtel quoll, und das Tonband setzte sich in Bewegung – *schrapp, schrapp, schrapp*. Mit ungewohnter Klarheit zählte er seine nach 1944 entstandenen unveröffentlichten Werke auf: die diversen Gedichte, die nie publizierten Kurzgeschichten, die paar Zeitungsartikel, die unvollendeten Romane – es war seine beachtlichste Gedächtnisleistung in meiner Gegenwart bisher. Sie können sich vorstellen, wie ungelegen es mir kam, als jetzt, wo die Sache endlich im Gang war, plötzlich die Tür aufgerissen wurde und Stella mit einer morgendlichen Gabe für ihren Ehemann hereinstürmte: einer frischen Flasche Bier und einem kleinen Whisky dazu. Verwirrt blickte ich zu der Uhr auf dem Kaminsims. Zehn Uhr vormittags? Ging man so mit einem Alkoholiker um, jemandem, der entschlossen war, sich zu Tode zu trinken? Wie sollte das zu seiner Besserung beitragen?

Doch als sie wieder verschwunden war, erklärte Jack: »Die Frau weiß genau, was sie tut ... verstehen Sie? Wenn ich meine tägliche Dosis nicht bekomme, gehe ich aus dem Haus und bringe mich in Schwierigkeiten. Also ist sie zu dem Schluss gekommen, dass es besser ist, wenn ich betrunken zu Hause sitze, statt nüchtern durch die Gegend zu ziehen.« Lächelnd stellte er die Flasche neben seinem Sessel ab. »So eine Art Hausarrest mit Alkohol.«

Ich fragte ihn, ob wir unsere Sitzung fortsetzen könnten – »Heute fiel es Ihnen anscheinend besonders leicht« –, aber der Whisky warf nun seinen Schatten auf all seine Pläne für den Tag.

»Also, wissen Sie«, sagte er, und sein Blick huschte zu der Flasche, »mir ist gerade eingefallen, dass ich ... dass ich noch ein bisschen was schreiben muss. Ja. Ganz im Ernst. Ist es schlimm für Sie, wenn wir für heute aufhören? Lassen Sie uns morgen weitermachen. Dann nehmen wir uns den ganzen Tag Zeit, wenn Sie wollen. Versprochen.«

Im Weggehen kam mir eine Idee: »Wenn Sie nicht zu spät mit dem Schreiben fertig sind – ich habe da eine kleine Bar an der Marine Parade entdeckt, die sah ganz nett aus, und ich dachte, ich könnte heute Abend auf einen Drink dort hingehen – also, wenn Sie Lust haben …«

»So gefallen Sie mir.«

»Ich dachte einfach, es wäre vielleicht nett, wenn wir uns wenigstens einmal in einem weniger offiziellen Rahmen treffen könnten.«

Offensichtlich war er angetan von diesem gewagten Vorschlag, er lächelte sogar. »Acht Uhr«, sagte er. »Ja, bis dahin sollte ich mit allem fertig sein. Holen Sie mich ab.«

»Können wir uns nicht dort treffen?«

»Nein, holen Sie mich ab.«

Zehn Stunden später stand ich wieder vor seinem Haus, und noch ehe ich auf die Hupe drücken konnte, bewegte sich die Gardine im Wohnzimmer, die Haustür flog auf, und Jack kam hechelnd herausgerannt, mit nackten Füßen und nur mit einem Bademantel bekleidet. »Los! Los! Nun machen Sie schon!«, rief er und sprang in mein Auto, als hätte er gerade jemanden erschossen.

Ich fuhr los.

Er klärte mich auf. Nein, er habe Stella und seine

Mutter nicht umgebracht. Aber Stella habe mitbekommen, wie wir diese Unternehmung geplant hatten (ich fragte nicht, wie sie das bewerkstelligt hatte – indem sie ein Glas an die Wand gepresst und daran gelauscht hatte?), und in einem verzweifelten Sabotageakt all seine Kleidung versteckt, als er unter seiner abendlichen Dusche stand. Aber diesmal hatte er ihre Pläne vereitelt. Glaubte sie wirklich, er hätte Angst, im Bademantel zu einer Verabredung zu gehen? Da kannte sie ihn aber schlecht.

Jetzt lachte er. »Fahren Sie, fahren Sie.« Ja, er lebte wieder im Reich seiner Phantasie und konnte wieder glücklich sein, gefangen in einem Land, in dem das Leben so überraschende Wendungen nahm wie ein guter Roman.

Als wir an der katholischen Kirche vorbeifuhren, sagte er, wenn ich wolle, könne ich morgen mit ihm und seiner Familie zur Messe gehen. Zur Messe? Ja, morgen sei Allerheiligen. Ich nahm die Einladung gern an. Für mich als Jüdin würde es interessant sein, eine katholische Messe aus der Nähe zu erleben.

Unser Auftauchen in der Bar erregte weniger Aufsehen, als ich erwartet hatte. Vielleicht lag es daran, dass alle dort längst wussten, wie es mit Kerouac aussah. Vielleicht waren das ja genau die Männer – und es war eine reine Männergesellschaft –, die mit ihm die Rangeleien ausgetragen hatten, von denen ich in San Francisco gehört hatte. Wie auch immer, trotz seines Bademantels und der nackten Füße saßen wir wenig später wie alle anderen auf unseren Barhockern, nippten an unseren Drinks und starrten lustlos auf ein Baseballspiel, das im Fernseher oberhalb der Schnapsflaschen lief.

»Und wie ist es heute mit dem Schreiben gegangen?«

»Ich habe ein bisschen geschrieben, dann bin ich müde geworden, und plötzlich war es fünf Uhr. Ich bin von den Magenschmerzen aufgewacht.«

»Und … was schreiben Sie im Augenblick so?«

»Lange Geschichte.«

»Eine Erzählung?«

Er lachte. »Schön wär's.« Er grinste, dann sah er eine Zeitlang dem Baseballspiel zu, und ich dachte schon, das Thema sei für ihn erledigt, als plötzlich die folgende Erklärung kam:

»Ich bin pleite. Dieses Haus, dieses verfluchte Haus, das ich für meine Mutter gekauft habe, hat mich den letzten Cent gekostet. Außerdem lag da noch eine versteckte Hypothek drauf, und jetzt, wenn ich jetzt nicht ganz schnell zwei Tausender auf den Tisch lege, verliere ich das Haus. Mein Lektor bei Viking gibt mir keinen Kredit. Den habe ich schon zu oft angehauen. Also hat mein Agent mich gezwungen, einen Vertrag für einen weiteren Roman abzuschließen. Noch einen Scheißroman. Ich kann gar nicht glauben, dass ich mich darauf eingelassen habe. Dreißig Silberlinge.« Er schüttelte den Kopf. Sein Nacken war sehr breit, immer noch muskulös. Er hob das Kinn und kippte seinen Drink in einem Zug hinunter, dann sah er zu dem Barkeeper hinüber, nickte ihm zu und drehte sein leeres Glas um. »Aber mir fällt nichts ein. Ich sitze einfach nur da. Bis ich einschlafe. Mir fällt absolut nichts ein. Und der Grund dafür ist, dass ich völlig leer bin. Ich habe keine Persönlichkeit mehr, von der ich zehren könnte.« Er schien in sich zusammenzusacken. Dieser traurige Mann im braunen Bademantel, eine Kordel um den Bauch gebunden, die Haare noch feucht vom Duschen.

»Eine Blockade, meinen Sie?«

»Viel schlimmer als das. Verstehen Sie, wenn man kreativ sein will, muss man in die dunkelsten Bereiche des eigenen Wesens eintauchen. Das mag eine Bereicherung für die Welt und so weiter sein, aber der Haken an der Sache ist, dass man dabei seine Seele verliert. Das ist das Paradox der Kunst. Ich habe meine Seele verloren, das spüre ich, aber mein Körper, mein Körper weigert sich aufzugeben.« Als der Barkeeper sein Glas erneut füllte, senkte er den Kopf. »Verstehen Sie, Jan, Sie können meine Biographie nicht schreiben – es ist zu spät. Das Licht brennt noch, aber es ist niemand mehr zu Hause.«

»Aber das sind die besten Biographien«, sagte ich tastend, auf der Suche nach einer passenden Antwort.

Er sah mich an. Nahm einen Schluck. Schüttelte den Kopf. Er glaubte mir nicht.

Ich durfte nicht zulassen, dass er zu wehleidig wurde. »Sie haben da vorhin etwas gesagt. Sie haben gesagt: ›Ich habe keine Persönlichkeit mehr.‹ Darf ich Sie fragen, wie Sie das gemeint haben?«

»Sehen Sie mich doch an. Urteilen Sie selbst.«

»Ich verstehe nicht.«

»Ganz einfach. Ich habe keine Ahnung mehr, wer ich bin.«

Es war ein unglaublicher Satz. »Das meinen Sie doch nicht ernst.«

»Die Persönlichkeit eines Menschen hat Dutzende von Facetten. Fahren Sie in einen Ferienort. Sehen Sie sich um. Der humorlose Anwalt schlüpft aus seinem Anzug und verwandelt sich in einen Partylöwen. Der berühmte Schauspieler wird zum erbärmlichen Langweiler. Die eingeschüchterte Hausfrau mausert sich zur hinreißenden Liebhaberin, wird ein völlig anderer Mensch. Es ist immer das Gleiche, die Sehnsucht nach Flucht ...« – er ließ das Glas auf dem Tresen kreisen – »... Flucht aus dem Gefängnis des eigenen Ichs. Was glauben Sie, warum man zum Trinker wird?« Er nahm einen weiteren Schluck. »Schierer Selbstüberdruss. Die erdrückende Berechenbarkeit des eigenen Ichs. Irgendwann wird es zu viel. Also schauspielern wir. Sie im Augenblick, schauspielern Sie nicht auch gerade?«

Ich antwortete nicht. Ich wusste inzwischen, wie das bei ihm war, und wollte seinen Redefluss nicht unterbrechen.

»Ich habe eine Unzahl von Rollen gespielt«, fuhr er fort, »und eins kann ich Ihnen sagen: Ich spüre mich nie so intensiv wie in den Augenblicken, in denen ich meinem eigenen Ich entfliehe und ein anderer werde, ganz gleich, wer.« Er prostete mir mit seinem leeren Glas zu.

In ein paar wenigen Worten hatte er gerade meine gesamte Doktorarbeit bestätigt. Das perfekte Chamäleon. Die multiple Persönlichkeit. Der Verwandlungskünstler. Wenn ich doch bloß mein Tonbandgerät dabeigehabt hätte. Im Geiste machte ich rasch eine Liste mit nur einigen der widersprüchlichen Identitäten, die er im Laufe seines Lebens angenommen hatte: Weltenbummler / Einsiedler, psychisch Kranker / Stimme der Vernunft, Pin-up-Boy / verdreckter Landstreicher, Gefängnisinsasse / freier Vagabund, Macho-Footballstar /

sensibler Künstler, Drogensüchtiger / Puritaner, revolutionärer Bohemien / Spießbürger, Frauenliebhaber / Frauenhasser, Schürzenjäger / Empfänger von homosexuellen Blowjobs, Katholike / Buddhist, erwachsener Mann / ewiges Muttersöhnchen, loyaler Freund / Judas. Die Liste war unvollständig. Sie konnte leicht dreimal so lang werden.

»Ich hab Genet gelesen«, fuhr er fort. »›Nichts könnte mir unähnlicher sein als ich selbst‹, sagt er. ›Mein Herz schlägt nur aus Sympathie für die Eindringlinge, die von mir Besitz ergreifen.‹ Recht hatte er. Wir spielen alle Theater.« Er sah mich durchdringend an. »Jetzt kennen Sie mein Geheimnis.« Ein Lächeln stellte sich ein. »Ich habe Ihnen gerade das Rezept verraten, mit dem ich Unsterblichkeit erlangen will.«

»Unsterblichkeit erlangen? Ich verstehe nicht.«

»Ich will das Ich umbringen.«

»Sie wollen sich umbringen?«, fragte ich erschrocken.

»Nein. Das *Ich*. Es ein für alle Mal aus der Welt schaffen. Die Japse nennen das Sartori. ›Der große Tod.‹ *Meister Eckhart* habe ich auch gelesen. Das Ego muss abgetötet werden. Das ist der Weg zum Licht. Aber wenn Sie den Katholiken nicht trauen – warum sollten Sie auch? –, dann lassen Sie sie in ihren Bistümern verrotten und halten Sie sich an Coomaraswamy. ›*Nur wenn wir so lange über die Trittsteine unserer toten Ichs voranschreiten, bis wir erkennen, dass es nichts gibt, womit sich das Ich gleichsetzen lässt, können wir werden, was wir sind.*‹« Seine Miene wurde wieder ernst. Das war mehr als das Schwadronieren eines Betrunkenen. Das waren seine innersten Gedanken. »Wer glauben Sie eigentlich, wer Sie sind, Jan?« Ich antwortete nicht. »Na? Egal, was immer Sie denken, lassen Sie sich eins gesagt sein: Es ist nur eine Verkleidung, jawohl, eine elende, verflucht erbärmliche Schmierenkomödie, die Sie erfunden und Jan getauft haben. Aber Ihr wahres Ich, das allumfassende Ich, das ist das Universum. Sie sind nur ein winziger Teil davon, und diese Vorstellung, dass Sie Jan sind, Jan Weintraub, diese … wie war das? … diese Dozentin aus Berkeley, die – die – die dieses und jenes will – diese Vorstellung hindert Sie nur daran, in Einklang mit Gott zu kommen.«

Was soll man darauf antworten, wenn man mit einem Mann im Bademantel in einer Bar am Straßenrand sitzt? Ich wandte den Blick vom Baseball ab und sah ihn verstohlen an. In diesem Moment sah er ganz elend aus.

»Sehen Sie sich das an«, sagte er. »Sämtliche Bases besetzt. Zweite Hälfte vom neunten Inning. Sehen Sie sich das an. Ich liebe es, wenn der Schlagmann sich bereitmacht. Das ist das Einzige, was ich am Baseball mag, die Vorbereitung auf den Schlag, wenn der Schlagmann inneren Druck aufbaut, bis er vor lauter aufgestauter Kraft fast explodiert, und auf den zündenden Funken wartet, den Funken des geschleuderten Balls ...«

»Okay«, sagte ich, »Sie haben also mit verschiedenen Rollen experimentiert. Das Ich ist eine Täuschung, okay, das kann ich akzeptieren. Und die Idee mit den Trittsteinen gefällt mir. Aber eins verstehe ich immer noch nicht ... also, mit einer Sache habe ich immer noch meine Mühe ... *große* Mühe sogar ... Was passiert, wenn der eine oder andere *Trittstein* ein anderer Mensch ist?«

Ich ließ das einen Augenblick lang wirken, bevor ich weiterredete. »Was passiert, wenn die Identitäten, die Sie vernichten, tatsächlich *anderen Menschen gehören*? Was passiert, wenn jemand so eine Identität tatsächlich *benutzt*, Jack, wenn er in ihr drinsteckt, wenn Sie sie vernichten?« Er reagierte nicht, also fuhr ich fort. »Und was wird dann aus diesen Menschen? Was passiert, wenn diese Menschen gar nicht *wollen*, dass jemand ihre Identität als Trittstein benutzt, weder Sie noch sonst jemand, der an diesem Identitätsspiel beteiligt ist, gerade wenn es dabei um *Ihre* Karriere geht? Und wie wollen Sie je zu Gott finden, wenn Sie *so* etwas auf dem Gewissen haben?«

Der Ball flog aus der Hand des Werfers. Ball traf auf Schläger. Wurde mit einem lauten Krachen im hohen Bogen nach links geschleudert und schoss über den Rand des Stadions hinaus. Die Männerriege an der Bar stöhnte auf.

Jack drehte sich auf seinem Hocker um. Seine Augen funkelten.

»Wer wird hier als Trittstein benutzt? Wessen Identität?«

»Nur ganz theoretisch gesprochen.«

»Wessen Identität? Ich habe Sie etwas gefragt. Wen meinen Sie?«

Die anderen Gäste starrten nur auf den Bildschirm; sie fluchten über das Foul oder diskutierten es oder beides.

»Wessen Identität?« Die Brauen zusammengezogen, die Stirn gerunzelt; meine Frage hatte ihn wütend gemacht. »Spucken Sie's aus! Meinen Sie Cassady? Oder wen? Ich weiß, was Sie sagen wollen. Scheißakademiker! Jetzt sehe ich, was Sie vorhaben. Sind Sie deswegen hergekommen?« Seine Stimmung war vollkommen umgeschlagen. »Jetzt kapiere ich das. Heilige Scheiße!« Er schüttelte den Kopf. »Wann werde ich das je begreifen? Kein Wunder, dass Sie so viel nach Cassady gefragt haben. Ha! Vom ersten Tag an. Cassady dies, Cassady das. Sie wollen mir was anhängen. Mich zum Sündenbock machen! Genau wie alle anderen! Das führen Sie also im Schilde.«

»Jack, ich –«

»Na, da sind Sie an den Falschen geraten! Fahren Sie zur Hölle!« Er knallte sein Glas auf den Tresen. Einen Moment lang dachte ich, er wolle mich schlagen, aber er stand nur auf und begab sich mit einem Tritt an die Schwingtür zur Toilette.

Das Herz schlug mir bis zum Hals. Die schiere Wucht seiner Wut auf so kurze Distanz konnte einem Angst machen. Aber vielleicht wurde ich doch zäher, denn der Ausbruch nahm mich weniger mit als frühere Kränkungen. Sicher, ich war ein großes Risiko eingegangen mit dem, was ich da gerade gesagt hatte, aber ich hatte es ja nicht leichtfertig gesagt, nicht ohne es mir vorher gründlich überlegt zu haben. Ich hatte das alles geplant, und nicht erst am Vorabend, sondern schon seit langem.

Der Barkeeper stellte den Fernseher ab, als die Musikbox anlief, und da ich die einzige Frau in der Bar war, kam ein Cowboy zu mir und forderte mich zum Tanzen auf. Ja, auf die Weise konnte ich Jack zeigen, dass er mich nicht eingeschüchtert hatte. »Aber nur einen Tanz.«

Und so, vielleicht weil ich dachte, das sei eine gute Möglichkeit, Jack spüren zu lassen, dass ich nicht einfach nur eine »Scheißakademikerin« war –

drehte ich mich zu der langsamen Countrynummer, schaukelte in den Cowboyarmen und blickte in die grinsenden Gesichter der anderen Männer ringsum, die uns bei unserem täppischen Schrumm-ta-ta, Schrumm-ta-ta zusahen.

Jack erschien wieder in der Toilettentür. Starrte uns ebenfalls an. Dann ging er an die Bar und ließ sich von dem Barmann eine ganze Flasche geben. Bei der nächsten Runde sah ich Kerouac, wie er das Glas zum Munde führte. Nun schüttete er den Schnaps nur so in sich hinein.

Der Song ging seinem Ende zu, und der Cowboy wurde allmählich aufdringlich. Die ersten von den anderen Männern lachten. Gab er ihnen über meine Schulter hinweg Zeichen, zwinkerte ihnen lüstern zu? Irgendwie spürte ich so etwas. Das war der Augenblick, in dem Jack sich umdrehte und sah, was der Cowboy für Gesten machte, und anders als die anderen lachte er nicht. Ich dachte, ich sehe lieber zu, dass ich von dem Kerl wegkomme, sagte »Danke schön« und hörte mit dem Tanzen auf, aber der Cowboy ließ mich nicht gleich los.

Und bevor er es tun konnte, war Jack da.

Der Cowboy schlitterte auf seinem Steißbein über den Boden wie ein ausgerutschter Schlittschuhläufer.

Danach war der Teufel los. Ich stand reglos in der

Mitte, während um mich herum die Fetzen flogen. Jack lief Amok mit seinen Fäusten, schlug in alle Richtungen, sah mit seinen nackten Füßen und dem Bademantel wie ein Entlaufener aus dem Irrenhaus aus. Der Barkeeper musste sehr rasch zum Telefon gegriffen haben, denn kaum war die Schlägerei zu Ende – ich kniete mittlerweile neben Jack und tupfte sein verschrammtes, blutiges Gesicht mit dem Taschentuch ab –, traten bereits zwei Polizisten in die zertrümmerte Bar. Nach einer Unterhaltung mit dem Barmann nahmen sie Jack als Randalierer mit. Jack protestierte nicht. Er sagte kein Wort.

Ich trank mein Glas aus und machte mich allein auf den Heimweg.

25. Mai 1968

Tags darauf schob der Motelbesitzer Stellas Briefchen diskret unter meiner Zimmertür durch. Sie verbot mir, auch nur in die Nähe des Kerouac'schen Hauses zu kommen. Das überraschte mich nicht. Ich hatte damit gerechnet. Meine Koffer waren gepackt.

Doch als die Kirchenglocken die Gläubigen von St. Petersburg zum Gebet riefen, kam mir eine letzte verzweifelte Idee.

Seiner (nun nicht mehr gültigen) Einladung folgend, fuhr ich zu der Kirche und kam genau in dem Augenblick an, als die Kerouacs die Stufen emporstiegen.

Sollte ich hineingehen, die Kirchenbänke stürmen, sie anflehen, um Verzeihung bitten, meine Unschuld beteuern?

Ich hatte eine andere Idee. Ich legte den Gang ein und fuhr los.

Wie üblich hielt ich ein Stück vom Haus der Kerouacs entfernt, stellte das Auto ab und ging zur

Rückseite des Hauses. Ich hatte mehrmals beobachtet, wie Stella dort neben der Treppe den Schlüssel zur Hintertür unter einem Blumentopf versteckt hatte, und dort fand ich ihn auch. Ja, auf Stella war Verlass.

Vorsichtig betrat ich das Haus. Gespenstisch leer. Ich wusste, was ich zu tun hatte, und ich wusste, dass ich mich beeilen musste.

Was für ein merkwürdiger Luxus, das Haus ganz für mich zu haben. Ich hielt mich nicht weiter im Erdgeschoss auf, sondern ging direkt nach oben.

Jacks Schlafzimmer hatte ich nie betreten dürfen, aber genau darauf hatte ich es jetzt abgesehen.

Ich stieß die Tür auf. Das Zimmer war völlig anders als erwartet. Ein Museum aus Kindheitserinnerungen empfing mich. Kaum zu glauben, dass hier ein erwachsener Mann lebte, schlief, arbeitete: jedenfalls nicht einer, der weltberühmt war. Ich kann mich nicht an alle Einzelheiten erinnern, aber das Zimmer war randvoll mit Sachen, alle fein säuberlich ausgestellt – Footballtrophäen, an der Wand gerahmte Zeitungsausschnitte über den jungen Verteidiger, die mittlerweile so vergilbt waren wie alte Teebeutel, ein Einzelbett (wo schlief Stella? hier jedenfalls nicht), ein Rosenkranz auf der Kommode, über dem Bett ein Kruzifix, ein Skapulier. Ein paar Details verrieten eine weibliche Hand: ein gerüschter Lampenschirm, eine Blumenvase, dann noch ein gerahmtes Kinderfoto: der tote Bruder; ein zerfledderter Football, der an einer Schnur in der Zimmermitte hing, ein für immer in der Luft gebannter Freistoß, ein verzweifelter Befreiungsschlag.

Mein Blick fiel auf den Aktenschrank – auf sein Archiv, sein Archiv, sein Archiv, vier Schubladen hoch in der Ecke. Hatte ich recht mit meiner Vermutung?

Mein Herz schlug schneller. Endlich war ich am eigentlichen Ziel meiner Mission. Hatte ich den Verstand verloren? Ja, es war eine Straftat, was ich hier beging, aber ich hatte meine Gründe. Ich wollte niemandem Böses damit tun. Im Grunde ging es mir ja nur darum, endlich die Geschichte zurechtzurücken; ich wollte für Gerechtigkeit sorgen.

Ich berührte den Archivschrank, dann zog ich die oberste Schublade auf.

Und da waren sie.

Jacks Briefe. Da waren sie, alle noch da. Wie viele? Ich fuhr mit dem Finger über die Oberkanten. Etwa hundert bis hundertfünfzig pro Schublade. Bei vier Schubladen also rund sechshundert Briefe in alphabetischer Ordnung, sortiert nach Absender und Datum. Atemberaubend. Der Traum eines jeden Biographen. Ein Glücksfall für jeden Verlag. Ein unbezahlbarer Fund. Ich hatte recht gehabt, als ich an Jacks Geschichte von dem Feuer im Garten gezweifelt hatte. Und Ginsberg hatte recht gehabt mit seiner Beschreibung von Jacks Akten. Er war penibel wie ein Bibliothekar. Hier, und noch dazu in perfektem Zustand, war das umfassende Archiv mit Material zu einer Reihe von Schlüsselfiguren der amerikanischen Literatur der Nachkriegszeit. Ich zog die zweite Schublade auf, dann die dritte, die vierte. Überall das gleiche Bild. Briefe an Gott und die Welt und die Antworten darauf. In einem Anflug von Eitelkeit dachte ich sofort: Ich bin berühmt! Aber Hysterie beiseite, ich hatte wirklich alles, was ich brauchte, um endlich dafür zu sorgen, dass mein Name Eingang in die Geschichte fand. Und noch wichtiger: Dieser Schatz war meine Zukunft, meine zerbrechliche, einst so düstere, doch mit einem Mal strahlend helle Zukunft, und was kann für einen Menschen wertvoller sein als das?

Ich hielt inne, bevor ich den ersten Brief herauszog. Ich stand auf der Schwelle zu unerforschtem Territorium, und jede Faser meines Körpers wusste, es gab da einen Brief, einen ganz besonderen Brief, den ich unbedingt finden musste. Meine Finger flogen an die entscheidende Stelle. Bestimmt war er da. Er musste da sein. Ohne ihn mochte die amerikanische Literatur gerettet sein, aber ich selbst war verloren.

Ich war so vertieft in meine Suche, dass ich nicht gehört hatte, wie Jack durch die Haustür und die Treppe heraufgekommen war.

Ich fuhr zusammen, als ich seine Stimme hörte.

»Was machen Sie da?!«

Ich drehte mich um, den gesuchten Brief in der Hand. Er stand in der Tür, Zorn und Unglauben malten sich auf seinem Gesicht. Später ging mir auf, dass er mein Auto am Straßenrand gesehen haben musste und sich ganz leise ins Haus gestohlen hatte.

»Jack …«

»Was machen Sie da!?«

»Ich wollte nur … Tut mir leid …«

»Was bilden Sie sich ein? Keiner kommt hier hinein!«

»Ich wollte nur etwas herausfinden.«

»Raus. Verschwinden Sie, und zwar sofort.«

Aber ich war wie gelähmt, ich konnte mich nicht bewegen, und mein Triumph war zu groß. »Ich musste etwas herausbekommen, bevor ich nach San Francisco zurückfahre. Und ich habe es geschafft.«

»Sie dürfen hier nicht rein!«

Ich hielt den einen Brief hoch. »Ich habe ihn gefunden.«

»Was haben Sie gefunden?«

»Den Beweis.«

»Machen Sie, dass Sie wegkommen, bevor ich Sie rausschmeiße.«

»Den Beweis, Jack.« Ich hielt inne, dann sagte ich etwas, das selbst für meine eigenen Ohren überraschend kam. »Den Beweis dafür, wer ich bin.«

Er runzelte die Stirn. »Wer Sie sind?«

Ich hob den Blick. Sollte ich es ihm sagen? Er wartete. Die Worte lagen mir auf der Zunge, aber ich zögerte, sie auszusprechen. Wenn ich es einmal gesagt hatte, konnte ich es nicht wieder zurücknehmen. Und dann öffnete ich die Lippen. Ich sagte es ihm.

Teil 2

Dies ist meine Geschichte. Was nun folgt, ist das, was ich ihm erzählte.

Mein wahrer Vater ist ein berühmter und gefeierter Schriftsteller.

Meine Mutter Joan Haverty ist tot.

Jahrelang hatte sie meinem Vater meinetwegen zugesetzt, hatte in sechs Staaten Vaterschaftsklagen gegen ihn angestrengt, doch ihm war es immer wieder gelungen, sich der Verantwortung zu entziehen, indem er nicht nur bestritt, mein Vater zu sein, sondern sich auch weigerte, einen Bluttest durchführen zu lassen, der alle Zweifel ein für alle Mal beseitigt hätte.

Schlimmer noch, er brachte das Gerücht in Umlauf, meine Mutter habe zahlreiche Männerbekanntschaften gehabt, und behauptete, mein wahrer Vater könne *»praktisch jeder sein, vom Beerdigungsunternehmer bis hin zum Polizeichef«*.[1]

---

1 Brief an meine Mutter, um 1951

Der einzige Beweis, den meine Mutter je hatte ins Feld führen können, war ein Brief, schon bald darauf ein legendärer Brief, den er ihr im Oktober 1950 geschrieben hatte und in dem er ein Mal, und nur dieses eine Mal, zugestanden hatte, dass der Zeitpunkt meiner Zeugung in die letzte Phase ihres gemeinsamen Lebens als Eheleute in Grosse Pointe, Michigan, fiel.

Doch ausgerechnet diesen Brief hatte sie verloren.

Verloren! Die Achtlosigkeit meiner Mutter in diesem einen Punkt hatte eine vatergroße Lücke in meinem Leben hinterlassen. Ich hatte ihr das nie vorgehalten, aber natürlich machte sie sich selbst Vorwürfe.

Zu ihrer Entschuldigung brachte sie vor, sie habe nicht damit gerechnet, dass Jack jemals abstreiten könne, was so klar auf der Hand lag. Sie habe gedacht, es würden noch so viele Briefe in der gleichen Art folgen, dass sie diesen einen – den wertvollsten von allen! – in den Müll geworfen habe. In den Müll! Mein Schicksal in trauter Eintracht mit Bananenschalen, durchweichtem Zeitungspapier und faulem Kohl.

Meine Mutter (und in geringerem Maße auch ich) klammerte sich an den Glauben, dass Jack einen Durchschlag dieses Briefes von 1950 aufbewahrt hatte. Unmöglich war das nicht. Meine Mutter hatte gesehen, dass Jack schon seit Kriegsende immer, wenn er etwas tippte, einen Durchschlag anfertigte, schon damals die Nachwelt im Blick.

Mein Schicksal hing also an der Kopie dieses Briefes. Ich wuchs auf in der Hoffnung auf die Existenz eines solchen Dokuments. Viele Sommer und Winter hindurch war ich in Gedanken nie weit davon entfernt, ganz so, wie glücklichere Kinder an Phantasiebildern wie dem Weihnachtsmann oder der Zahnfee festhalten. Aus Informationsschnipseln – einer Schwarzweißfotografie von ihm im weißen T-Shirt, auf der er, den Arm um meine Mutter gelegt, vor einem italienisch aussehenden Brunnen auf dem Campus der Columbia posierte, oder einem kurzen Fernsehauftritt, bei dem Jack mit Worten um sich warf, die ich noch nie gehört hatte – konstruierte ich mir meinen fehlenden Elternteil.

Als ich größer wurde, führte ich in meiner Phantasie imaginäre Vater-Tochter-Gespräche mit ihm; die Themen dafür stammten aus Interviews in der *New York Times*. Ich stellte mir Gutenachtküsse vor, beim Schlafengehen nahm ich statt seiner selbst seine Bücher mit ins Bett, die meine Mutter in ihrem Zorn und ihrer Empörung nicht im Haus haben wollte und die ich dennoch, ohne Schutzumschlag, in meiner Kommode versteckte, verbotene Texte, meine eigenen persönlichen Apokryphen. Beim Schein der Taschenlampe, unter der Bettdecke, flüsterte mir mein Vater in der Dunkelheit aus diesen Seiten zu, bis ich einschlief, und auf diese Weise war er da, ein Lehrmeister, der mir trotz allem meine Gutenachtgeschichten erzählte, und wenn ich schon nicht in seinen Armen einschlief, so doch immerhin er in den meinen.

Die Jahre vergingen. Wie sollte es anders sein. Bei einem solchen Lehrer nimmt es nicht wunder, dass aus mir ein altkluges Kind wurde. Ich entwickelte mich schnell, brachte es selbst zu einer gewissen Fertigkeit im Schreiben. An der Highschool gab ich die Schülerzeitung heraus, verfasste Theaterstücke. Und stets war mein Mentor wie ein raunendes Gespenst an meiner Seite.

Dann kam das College, dann das Studium der Amerikanischen Literatur – was, ohne dass die anderen es wussten, die Beschäftigung mit den Werken meines eigenen Vaters bedeutete. Was für ein großartiges Geheimnis, was für ein allumfassendes Mysterium, das mein ganzes Leben beherrschte! Stellen Sie sich vor, Sie sitzen in einem Seminar mit vierzig Fremden, die alle über Ihren Dad diskutieren, und Sie dürfen das zwar nicht preisgeben, aber Sie können mit Erkenntnissen auftrumpfen, die weit über das hinausgehen, was sogar der Dozent zu sagen hat, können sich auf Seitenzahlen und bestimmte Ausgaben beziehen, eine Liebe zum Text an den Tag legen, die einem thoragelehrten Rabbiner alle Ehre machen würde. Nun, all das war ein Kinderspiel für ein Kind, dessen Spiel darin bestand, die Botschaften seines Vaters, seine poetischen Chiffren zu entschlüsseln – kurz, in komplexen literarischen Spielen ein ganz normales Familienleben aufzuspüren.

Eins muss ich allerdings noch nachtragen: Auch als ich so viel über ihn zusammengetragen hatte, dass ich einen Umzugswagen damit hätte füllen können, war mir immer noch bewusst, dass das Bild, das ich von diesem Mann hatte, nur eine grobe Skizze war, eine Spekulation, die auf Material basierte, das bereits durch die Übertreibungen seiner eigenen Fiktionen verzerrt war. Er sagte, er schreibe nach dem Leben, nach dem Herzen, aber mir war klar, dass Literatur immer eine Verzerrung ist. Eines Tages musste ich ihn persönlich aufsuchen und herausfinden, wie nah ich der Wahrheit gekommen war. Doch der Gedanke machte mir Angst.

Und dann hörte ich, er habe nicht mehr lange zu leben.

Das zwang mich zum Handeln.

Ich bin sicher, Sie können jetzt besser verstehen, wie mir bei jener ersten Begegnung zumute war, nachdem ich zwanzig Jahre lang so viele Gefühle in ihn investiert hatte; und später dann mein Entsetzen, als er mir diesen Vorschlag machte. Mein eigener Vater, so lange verloren, verlangte *das* von mir? Fast hätte ich ihm schon da die Wahrheit gesagt, aber ich musste zuerst das noch fehlende Beweisstück finden.

Und dann hatte er mich auf frischer Tat in seinem Schlafzimmer erwischt, als ich mich an seinem geheimen Archiv zu schaffen machte, und das ließ mir keine andere Wahl. Da ich bis dahin nicht den Mut gehabt hatte, meine Maske zu lüften, war es vielleicht der einzige Weg, wie die Wahrheit ans Licht kommen konnte.

Das war die Geschichte, die ich Jack Kerouac erzählte – dem Pionier, der in der amerikanischen Literatur neue Wege beschritten hatte –, als er dort in der Schlafzimmertür stand. Eine geheime Geschichte, aus formbarerem Stoff als der Phantasie gemacht: aus Fakten.

Jacks entscheidender Brief an Joan war tatsächlich da gewesen, zwischen den anderen. Halleluja! Er hatte gewissenhaft einen Durchschlag gemacht und ihn aufbewahrt, ganz wie ich es so lange Zeit gehofft und wie Joan gebetet hatte. Ich war wieder jemand. Mit der Sorgfalt eines Paläontologen nahm ich ihn aus der Schublade – die Kopie war datiert auf Oktober 1950! Ich überflog den Inhalt. Die entscheidenden Worte waren alle da. Einzelne Satzfetzen sprangen mir ins Auge: »*ich wünschte ...*«, »*es tut mir leid*«, »*ich werde mein Möglichstes tun*«. Die Beschwörungen, der Kummer über ihre Trennung, sogar die Bereitschaft, seine »*Rolle zu übernehmen*«. Dieser Brief war eine Geburtsurkunde. Damit bekam eine Tochter wie ich, ein Niemand, eine Null, endlich eine Identität.

Joan Havertys Antwort war auch in der Schublade. Ich kam mir vor wie in einer Zeitschleife, als ich sie, nicht minder begierig, las; dieser Brief schien mir plötzlich noch wertvoller, diese ratlose Sorge einer jungen Mutter, die Beschreibung ihres Babys – »*ein pausbäckiges Mädchen, deine Augen, sehr niedlich*« –, der Name Janet Haverty, sogar ein Hauch von Hoffnung auf Versöhnung.

Zwei Briefe aus tiefster Seele also, geschrieben von zwei Liebenden mit gebrochenen Herzen, bei denen die romantische Glut noch nicht vollends erloschen war, die schriftliche Bestätigung der Herkunft eines Kindes durch beide Eltern.

Aber danach gab es keine versöhnlichen Briefe von Jack mehr, nur noch ein paar von Joan, bevor der Briefwechsel zu nichts weiter als Anwaltsschreiben, Beschwerden und gerichtlichen Verfügungen verkam (1950–66). Das Anerkenntnis von 1950 blieb ein Einzelfall. Die übrigen Schriftstücke waren amtliche Schreiben und seine (immer drohenderen) Antworten. Keine Liebesbriefe. Keine nachträglichen Gefühlsumschwünge. Keine zweite Chance. Ein trauriges Archiv: Beweisstücke für kalte Feindseligkeit und Zorn, das elende Finale des großen Moments in der Wohnung an der 118. Straße.

»Ich bin Ihre Tochter.«

Das waren meine Worte. Und ich werde sein Gesicht nie vergessen, den verständnislosen Blick, die reglosen Lippen, das eisige Starren seiner kobaltblauen Augen, höchstwahrscheinlich der Auftakt zu einem Wutausbruch. Schließlich sagte er:

»Das könnte Ihnen so passen.«

Ich hielt die Briefe hoch, als er auf mich zukam. Er nahm sie mir aus der Hand, warf einen Blick auf die Seiten, dann sah er mich an. In dem Augenblick schien er das Gleichgewicht zu verlieren, fast noch im gleichen Moment. Hatte er diesen Tag etwa kommen sehen? Hatte er geahnt, was ihm bevorstand? Er suchte auf meinem Gesicht nach Beweisen. Niemand hat mich je so forschend angesehen. Jetzt war ich endlich an der Reihe, jetzt war *ich* die große Unbekannte.

»Sie sind Joans Tochter?«

»Ja.« Ein berauschender Augenblick. »Das bin ich.«

»Aber … was haben Sie gesagt, wie alt Sie sind?«

»Ich habe gelogen. Ich bin erst achtzehn, Verzeihung. Ich bin nur eine Studentin. Die Sache mit der Dozentin habe ich erfunden, damit Sie mich ernst nehmen. Ich wollte, dass wir ganz professionell miteinander umgehen, nichts anderes.«

Als er mein Gesicht so eingehend musterte, sah er, was nicht zu übersehen war. Blaue Augen trafen auf blaue Augen. Dunkle Haare auf beiden Seiten. Ich nickte ihm einmal kurz zu, denn ich wusste, wonach er suchte. Letzten Endes nach sich selbst. Ähnlichkeiten in den Gesichtszügen, vererbte Eigenschaften. Ein Augenblick wie im Kreißsaal, das Kind wird vom Vater inspiziert, wenn auch mit achtzehn Jahren Verspätung. Nun, diese Eigenschaften waren alle da, wenn man sie sehen wollte. Ein stillschweigendes Plädoyer. Ich hatte sein Kinn, mehr oder weniger, seine dunkle Haut. Meine Finger waren kurz und dick. Und dann waren da auch die nicht messbaren Dinge: unser Lachen (das gleiche Stakkato); eine besondere Art, uns auf die Unterlippe zu beißen (für mich war es wie ein Blick in den Spiegel). Und es gab noch Merkwürdigeres: Wir nahmen beide Zucker in den Kaffee, und dabei war mir aufgefallen, dass wir beide zweimal den Löffel am Tassenrand abstreiften – konnten solche Kleinigkeiten genetisch bedingt sein?

Plötzlich stand Stella neben ihm, auf dem Kopf einen Kirchgangshut mit Stoffrosen. Ihre Augen schossen Blitze. »Was macht *die* denn hier? Ich habe ihr doch gesagt, sie soll sich nicht mehr hier blicken lassen! Machen Sie, dass Sie wegkommen. Raus, habe ich gesagt. Raus!«

Die Antwort meines Vaters änderte alles: Alle Gesetze, die das Universum beherrschten, verloren für Stella ihre Gültigkeit.

Etwa zu dieser Zeit ging mir auf, dass das Buch, das ich tatsächlich schreiben sollte, ja musste, die große Biographie, zu der ich *verpflichtet* war, diejenige von Joan Haverty war.

Warum sollte ich nicht eine feministische Biographie schreiben, über einen freien Geist, eine Frau, die einmal mit einem sehr berühmten Mann verheiratet war, einem Mann, dessen sagenhafte Freiheit stets mit dem Leiden eines anderen erkauft war? Zentrales Thema: Was macht eine Frau mit dem, was von ihrem Leben übrig bleibt? Genau wie bei Neal hatte Jack auch sie in seinen späteren Büchern weiter ausgebeutet, die Erinnerung an sie ausgeplündert, als hätte er ihr nicht schon genug gestohlen. Er hatte sie als selbstzerstörerische Frau dargestellt, eine Rolle, die sie später in ihrem Leben tatsächlich annehmen sollte.

Die schiere Solidarität erforderte, dass ich etwas für dieses einfache, kluge, vernachlässigte Mädchen aus Forest Hills tat. Themen hatte ich genug: Wie übersteht man eine Liebesgeschichte, im Vergleich zu der alles andere unbedeutend ist, eine, die noch nicht einmal zwei Jahre dauerte, die aber über alles, was noch folgte, ihren Schatten warf? Oder noch mehr zugespitzt: Sterben wir an der Liebe oder an dem Elend, das daraus folgt: Einsamkeit, Entbehrung, Missgunst, verlorenem Interesse an uns selbst? Ist sie im Grunde in dem Augenblick gestorben, in dem Jack (und das Scheinwerferlicht der Geschichte) sich von ihr abwandte?

Undankbarkeit. Sie hatte ihm alles gegeben, alles was er in ihrer gemeinsamen Zeit brauchte, Kaffee bei der Arbeit, Leckereien, wenn er das Kräuterbad nahm, das sie ihm einließ, und sie schrubbte ihm den Rücken mit Bimsstein, während er sein Loblied auf den einfachen Menschen sang.

Und sie machte es gern. Bis er sie sitzenließ. Ihre vielen Begabungen wurden für unzureichend befunden. Als er sich absetzte, war das sein vernichtendes Urteil über ihren Wert. Unglücklich, mit Selbstmordgedanken, schwanger im New York der fünfziger Jahre, wartet sie auf seine Rückkehr, aber er kehrt nie zurück. Sie bringt ein Kind zur Welt, und das Kind ist nur das letzte unter den Geschenken von ihr, die er nicht mehr will.

Warum sollte das keine erfolgreiche Biographie werden, eine Erzählung, in der sich so viele wiederfinden konnten, die wie ich verlassen werden, zu einem Leben als Niemand verdammt?

Aber so lohnend das Thema war, ich würde diese Biographie nicht schreiben. Keiner würde das Buch kaufen. Es wäre eine Zitrone im Obstgarten der Literatur – entschieden zu sauer für den herkömmlichen Geschmack. Egal, wie gut es geschrieben wäre, wer kauft schon ein Buch über Niemande? Die Antwort: Niemand. Sosehr uns auch alle der Nebendarsteller interessiert, das Revuegirl, Napoleons Hure, der Bastardsohn des Königs, der Schneider des Premierministers, der Mann, der für den Rockstar die Gitarre stimmt, überhaupt alle, die für das Geräusch im Hintergrund sorgen, sind es doch die Stars selbst, für die wir am Ende das Geld ausgeben. Also werde ich doch über Jack schreiben, ganz wie ich es vorhatte. Und über das, was er Neal angetan hat. Und all den anderen, und da wird auch Joan ihren Platz finden, irgendwo hinter der Bühne, wo sie ihr Leben gelebt hat und gestorben ist.

Die Kerouac-Frauen unten im Wohnzimmer nahmen die Nachricht ziemlich schlecht auf. Ich stand da (während ich versuchte zu verbergen, wie ich vor Angst schlotterte, und mir ein wenig wie eine Schauspielerin in einem Historiendrama vorkam) und wartete, dass sie eine Frage stellten, die ich nicht beantworten konnte, dass ich ein Detail nannte, das nicht zu den anderen passte, etwas, das dazu führte, dass man von mir verlangte, einen Schuh auszuziehen oder einen Ärmel hochzukrempeln, damit sie das geheime Muttermal sahen, das Erkennungszeichen der Kerouacs – die zusammengewachsenen Zehen, die fischförmige Warze –, aber zu einem solchen Augenblick kam es nicht. Ich nehme an, eine Nachricht wie die meine kommt einfach dermaßen unerwartet, dass der erste Impuls ist, ihr *nicht* zu misstrauen. Die Unerhörtheit der Aussage sorgt dafür, dass man ihr glaubt, und das Schweigen, das darauf folgt, ist schon der erste Schritt zum Akzeptieren. So entsteht eine Realität aus dem Nichts; eine rein ontologische Realität natürlich, etwas, womit die Philosophen sich abgeben können, etwas in der Art von *cogito, ergo sum.* Ein unglaublicher Vorgang. *Ich sage es, also bin ich es.* Kerouac schlägt Descartes. Und bei alldem ich mittendrin! Augenzeuge dabei, wie das Unglaubliche zum Glaublichen wird: ein Kaninchen aus dem

Hut, eine Tochter, die von Zauberhand aus einem Niemand entstanden ist.

Jack hatte eine Tochter.

Ja warum denn nicht? Sie kannten schließlich Joans juristischen Bemühungen, ihn zur Anerkennung eines Kindes zu zwingen, und mussten ein halbes Leben lang mehr oder weniger mit meinem Auftauchen gerechnet haben. Ihr einziger Vorwurf war, dass ich sie zum Narren gehalten hatte, denn sie fanden, das war kein Thema, mit dem man Witze machte. Warum, wollten sie wissen. Warum hatte ich das getan?

Ich versuchte es zu erklären. Ich hatte nicht vorgehabt, meine Identität zu enthüllen, ich wollte nur sein Einverständnis für die Biographie bekommen und dann wieder meiner Wege gehen, und sie sollten nichts erfahren. Ich hatte mich vor der Enthüllung gefürchtet. Erst als Jack mich auf frischer Tat ertappt hatte, war mir die Wahrheit herausgerutscht. Aber vielleicht war es ja das Beste so.

Die Sache war entschieden, als die alte Mutter Kerouac erklärte, ich sei ihrem Sohn wie aus dem Gesicht geschnitten. Von dem Augenblick an gehörte ich zur Familie, und Jack schlug einen Spaziergang vor. Er hatte ein paar Häuser weiter den Hund seines Neffen (den Hund meines Cousins!) zu füttern.

Und plötzlich machte ich, Jan Weintraub (in

Wirklichkeit Haverty) einen Spaziergang mit meinem Vater! Unseren ersten unter diesen neuen Familienverhältnissen.

Frische Luft. Ich sog die frische Luft ein. Ich war erleichtert, dass ich aus dem Haus war, nicht mehr der weiblichen Intuition dieser Frauen ausgesetzt. Ich roch das Herbstlaub, wühlte mit den Füßen darin, und ich merkte, dass ich aufgehört hatte zu schlottern. Wir gingen und redeten (was einerseits schön war, andererseits aber auch die Hölle), und er hatte endlose Fragen an mich. Natürlich wollte er alles über meine Vergangenheit wissen, jetzt wo *er* der Biograph war. Seine Prüfungsfragen sollten die schlimmsten werden, die ich je aushalten musste, aber dahinter steckte Wissbegier, kein Misstrauen. Er fragte, warum ich in puncto Alter und Anstellung an der Universität gelogen hätte, und ich konnte ihm guten Gewissens sagen, dass er, wenn ich ihm gestanden hätte, dass ich erst achtzehn bin und nicht einmal einen Abschluss habe, mich nie als jemanden ernst genommen hätte, dem er die Geschichte seines Lebens anvertrauen konnte. Er nickte und bestätigte mir das. »Da hast du Glück, dass du älter als achtzehn aussiehst.«

»Das sind die Kleider, die konservativen Sachen. Wenn ich will, kann ich auch wie achtzehn aussehen.«

Ich schlug vor, er solle mich doch mal besuchen kommen, sich meine Wohnung in San Francisco anschauen. Doch dann stutzte ich. Das war nun doch zu viel. Eine Fahrt mit ihm, das wäre unmöglich. »Kann ich dich denn weiter Jack nennen? Ich käme mir komisch vor, wenn ich dich jetzt ... ich weiß auch nicht ... anders nennen sollte.«

»Nenn mich Jack. Und wo wir schon dabei sind – wo hast du den Weintraub her? Bist du etwa schon verheiratet? Schon geschieden?«

»Nein, das habe ich mir irgendwann ausgedacht. Schon ziemlich früh. Als ich vor zwei Jahren zu Hause ausgezogen bin und von da an allein für mich verantwortlich war. Um ehrlich zu sein, ich habe ihn aus dem Telefonbuch. Lange Zeit war ich ... na ja, ziemlich wütend auf beide Eltern ... und da habe ich beschlossen, dass ich mein Leben ganz neu anfange. Trotzphase. In deinen Büchern stehen ja ein paar antisemitische Sachen, da konnte ich mich auch noch ein bisschen rächen, wenn ich mir einen jüdischen Namen zulegte. Jeder, der mich kennt, kennt mich unter dem Namen Weintraub – einfach nur eine von diesen typisch jüdischen Intellektuellen.«

»Also ... wer weiß es? Dass du meine Tochter bist, meine ich. Wie viele wissen es?«

»Die reine Wahrheit: Niemand. Ich habe es nie

jemandem erzählt. Ich war ja nicht gerade stolz auf meine Vergangenheit. Es war alles so konfus. Ich wollte es ja nicht einmal *dir* erzählen. Im Laufe der Jahre hat sich da eine ziemliche Wut aufgebaut. Deshalb hatte ich beschlossen, dich rein professionell zu behandeln, der Rest sollte mein Geheimnis bleiben. Sobald ich den Brief hatte, wollte ich nach San Francisco zurückfahren. Fünf Minuten später, und ich wäre weg gewesen. Du hättest mich nie wiedergesehen. Das Auto war vollgetankt, alles startbereit. Ich wollte nur lesen, was du an Joan geschrieben hattest, nur dieses eine Mal.«

Er nickte, machte sich seine Gedanken, wie sehr eine Tochter verletzt sein musste, wenn sie ein solches Geheimnis so lange vor aller Welt verborgen hielt. Der Schluss, zu dem er vermutlich kam: ziemlich verletzt.

»Ich wollte nur herkommen und dich mir ansehen, mir meinen Beweis holen und wieder verschwinden, mehr hatte ich nicht vor. Vielleicht hätte ich noch eine große gehässige Biographie über dich geschrieben, wenn du erst mal tot bist, einfach um's dir heimzuzahlen, aber mehr nicht. Das war mein ganzer Plan.«

Er lachte, dann dachte er noch einmal nüchterner über die Sache nach. »Deshalb also all das Interesse an Cassady? Jetzt verstehe ich das.«

Ich zuckte mit den Schultern, nickte. Ja, mit Cassadys Geschichte konnte ich insgeheim meine eigene erzählen.

»Jetzt kann ich mir auch vorstellen, wie deine Biographie ausgesehen hätte«, sagte er. »Gestohlene Identitäten, nicht wahr? Der Dieb, der anderen ihre Identität entwendet, dir und Neal. Darauf lief es hinaus?«

»Das und ... und die falschen Identitäten, die du uns aufzwangst. Etwas in dieser Art.«

»Und welche falsche Identität habe ich dir *aufgezwungen,* junge Dame?«

»Ich musste die Rolle des Niemands spielen. Das hast du aus mir gemacht. Einen Niemand, den niemand wollte, nicht einmal der eigene Vater. So was kann einem sein Leben lang nachhängen.«

Er überlegte eine ganze Weile, dann fragte er, ob ich auch in anderen Punkten gelogen hätte. Jetzt wollte er alles aufklären. Keine weiteren Überraschungen. Plötzlich wand er sich. Er sah an dem Tag nicht gut aus. Wahrscheinlich sandten seine Organe ihre Alarmzeichen. Er wirkte grau, ausgelaugt, als stecke sein Körper voller Gift, zermürbt nicht zuletzt durch meinen Katalog seiner Verfehlungen. Ich antwortete rasch: »Meine wahre Identität habe ich nur verschwiegen, weil du so sichtlich nicht mein Vater sein wolltest, und da war ich zu stolz, um dir die Vaterschaft aufzudrängen. Und noch eines: Es war mir wirklich ernst mit deiner Biographie. Das meine ich als Kompliment. Ich wollte mir keine Vorteile damit verschaffen.«

Wir spazierten unter Bäumen dicht wie eine Laube. Ahorn? Ulmen? Platanen? Walnuss? Von solchen Sachen hatte ich keine Ahnung.

Und Joan, fragte er, wie war sie gestorben?

Die einfachste unter allen Prüfungsfragen. Krebs, erklärte ich ihm. Aber sie hatte es bis zuletzt tapfer ertragen. Sie hatte gekämpft. (Ich merkte, dass ich ihm die Wahrheit nicht ersparen wollte, darüber, wie sehr Joan durch seine Schuld gelitten hatte.) Er nickte, nahm das alles in sich auf, ertrug die ganze Last dieser Wahrheiten und Fakten. Ich sah ihm an, dass vor seinem inneren Auge die Joan seiner Jugend stand, die Frau im seidenen Unterrock, von der er geschrieben hatte, die Göttin, der er in seinen Büchern ein Denkmal gesetzt hatte, die sich in Spitzenwäsche in seinen Armen wand, Hera, in Liebe entbrannt zu ihrem Zeus.

Ich holte eine Geldbörse hervor und zeigte ihm eins der letzten Fotos: Joan im Krankenhausbett mit einem Partyhut aus Krepppapier schief auf dem Kopf. Keiner hatte ihr einen Spiegel hingehalten; im Schoß hatte sie einen Geburtstagskuchen mit brennenden Kerzen, und sie lächelte. Sie lächelte an ihrem letzten Geburtstag. Dieses Bild schockierte ihn. Er blieb stehen. Ein Schlag vor den Kopf, so ein Bild. Dann sagte er:

»Wunderschön. Was für eine Schönheit sie war.« Seine Augen umwölkten sich. Und dann kam Ärger, eine Wut, die allein ihm selbst galt. »Gottverdammte Scheiße, Joan.«

Er gab mir das Foto zurück, und ich steckte es rasch wieder ein. Wir gingen weiter. Jetzt zahlte er offenbar die Zeche, erst jetzt. Jetzt endlich präsentierte ihm die Schande ihre Rechnung.

Und wie sehe es bei mir aus?, fragte er, als er sich wieder beruhigt hatte. Ob ich verheiratet sei, alleinlebe oder mit einem Freund? Ich sagte ihm, dass alle meine Beziehungen zu Männern Reinfälle gewesen seien. Bücher waren meine große Liebe geworden, *quelle surprise*. Ich erwähnte Jonathon, aber ich gestand ihm, dass ich einfach kein Vertrauen zu den Männern hatte. Den Rest konnte er sich selbst zusammenreimen.

Damit war meine Geschichte zu Ende, und wir langten bei einem kleinen weißgestrichenen Holzhaus mit umlaufendem Balkon an. Er ging nicht zur Eingangstür, sondern führte mich am Haus vorbei direkt nach hinten. Ein großer, schlaksiger Hund kam herangesprungen, freute sich, ihn zu sehen. Geballte Energie und Muskeln. Jack lockte ihn und packte ein Päckchen Rindfleisch aus, das er in der Tasche gehabt hatte, und warf es dem Hund in kleinen groben Fetzen zu. Es sei ein südafrikanischer Ridgeback, erklärte Jack. Mächtige Kiefer für die Löwenjagd. Der Mörderhund sprang in die Höhe, fing die Fleischfetzen im Flug, ging beinahe aufrecht auf den Hinterbeinen. Aufgerichtet war er fast so groß wie ich. Dieser Hund, erklärte Jack, gehöre Petey, derzeit in Vietnam im Einsatz. Jack und Petey waren dicke Freunde. Die Kerouacs hatten Petey nach dem Tod von Jacks Schwester großgezogen.

Ha, dachte ich. Petey großgezogen, Janet verstoßen. Petey traf mich ein wenig unvorbereitet. In Artikeln oder Interviews war er nie vorgekommen. Eine unerwartete Komplikation. Also hörte ich einfach zu.

»Wahrscheinlich war ich so eine Art Vater für ihn. He, da bin ich also für einen doch noch Vater gewesen, stimmt's?«

Ich lächelte, wir drehten um und machten uns wieder auf den Weg zurück zum Haus.

Das Gekläff des Hundes verfolgte uns noch über die halbe Strecke.

Zu Hause.

Wenn ein jämmerliches, heulendes, kackendes

Baby aus der Klinik zum ersten Mal an einen solchen Ort gebracht wird, wird alles auf es eingestellt, man macht große und kleine Veränderungen, ohne eine Sekunde zu zögern. Das geschieht instinktiv. Wände werden gestrichen, Zimmer neu zugeteilt, alles wird behaglich gemacht, sogar die Ernährung wird umgestellt, meist vegetarischer, weil doch ein Kind im Haus ist. Leute gehen plötzlich auf Zehenspitzen an bestimmten Türen vorüber, sagen Sachen, die sonst unterdrückt werden, oder unterdrücken Sachen, die sie sonst sagen. Tja, wie sich herausstellte, ist das auch nicht viel anders, wenn das Kind bereits achtzehn ist.

Die meist bettlägerige Mémère Kerouac musste nun wider Willen mit der unerwarteten Erkenntnis fertig werden, dass ihr Sohn über Nacht eine Erbin bekommen hatte, ein zweites Enkelkind, um das sie sich, zumindest theoretisch, nun Sorgen machen musste.

Stella musste sich damit abfinden, dass ihre kinderlose Ehe ihr aus heiterem Himmel eine ungewollte Stieftochter beschert hatte, eine Mutterschaft, die auf ihre Art kaum weniger mystisch war als eine jungfräuliche Geburt.

Und Kerouac selbst konnte nicht umhin, die Verantwortung, vor der er sich im Leben am meisten gedrückt hatte, nun doch noch zu übernehmen.

In dem Punkt erwies er sich allerdings als überraschend williges Opfer. Was ich vermutet hatte, bestätigte sich. Ihm bot die Tochter, die sich so unerwartet eingestellt hatte, die Möglichkeit, eine weitere Rolle zu spielen, gerade als er gedacht hatte, er habe sämtliche Rollen hinter sich.

Mir fiel ein Satz von F. Scott Fitzgerald ein: »*Von einem guten Romanschriftsteller hat es noch nie eine gute Biographie gegeben. Kann es nicht geben. Es stecken zu viele Menschen in ihm, wenn er wirklich gut ist.*« Nach diesem Maßstab war Jack ein *sehr* guter Schriftsteller.

Was mich selbst anging, ich hatte auch einiges, woran ich mich erst gewöhnen musste.

Zum einen: Diese Familie mühte sich, sich auf mich einzustellen, aber auch ich musste mein lebenslanges Gefühl, nicht gewollt zu sein, mit der Tatsache in Einklang bringen, dass ich nun (wenn auch illegitim) dazugehörte.

Zum anderen: Wollte diese Familie mich? Nein. Konnten sie eine Tochter noch länger verstoßen? Nein. Konnten sie nicht. Aber wie war das mit *mir*? Wollte ich *sie* denn jetzt, jetzt, wo man mich (Jack ausgenommen) so widerwillig akzeptiert hatte? *Mochte* ich diese neue Familie denn überhaupt, in die ich gewaltsam eingedrungen war?

Ich kam zu dem Schluss, dass sie sich zwar damit

abfanden, dass ich nun einmal da war, dass ich aber in ihren Augen so etwas wie eine unheilbare Krankheit war, die ein Arzt mit ernster Stimme diagnostiziert, während alle auf die Röntgenbilder auf dem Leuchtkasten starren. Ich, Jan Kerouac, geborene Haverty, geborene Weintraub, geborene Niemand, war nun eine Realität, die sich nicht mehr leugnen ließ, eine schlechte Nachricht, die man hinnehmen musste. Ich persönlich überließ sie gern ihrer Unglücksbotschaft und fühlte mich bestens dabei, und ich kam zu einer vollkommen neuen Erkenntnis: Dass es besser war, wenn man eine Familie hatte, die man nicht mögen konnte, als wenn man überhaupt keine hatte.

Und so sahen wir drei Kerouac-Frauen mehr oder weniger schicksalsergeben ein, dass wir von jetzt an miteinander auskommen mussten.

Es war unglaublich, was sich in jenen ersten Tagen entwickelte. So wie steife neue Schuhe allmählich weicher werden, bis sie nicht mehr drücken, oder wie man bei einer unbekannten Treppe nach und nach lernt, wo man im Dunkeln das Geländer ertasten kann, kam in diesen ersten, unerhörten Tagen ein Familienroman in Gang, wie ihn keiner von uns je erlebt hatte.

Jack bestand darauf, dass ich mein kleines Motelzimmer aufgab und mein Lager in einem spärlichen

Anbauzimmer ganz am oberen Ende der Treppe aufschlug, das stets für Jacks Neffen Petey bereitstand, der es aber derzeit nicht brauchte, weil er in Südvietnam Flugzeuge betankte.

Ich tat mein Bestes, dass meine Gegenwart, wenn sie schon nicht als Bereicherung empfunden wurde, doch nicht zu der Last wurde, die offenbar alle erwarteten. Von offizieller Biographin war jetzt nicht mehr die Rede, aber dafür bewährte ich mich wirklich erstklassig, wenn es darum ging, Briefe zum Briefkasten an der Ecke zu bringen, Frühstücksgeschirr abzuspülen, Wäsche von der Leine zu nehmen, Schuhe zu putzen, und sogar in banalen Unterhaltungen schlug ich mich ganz gut. Welche Verwendung hatte diese Familie schon für eine Akademikerin? Keine. Oder eine Biographie? Noch weniger. Dieser Haushalt brauchte Harmonie, und vor allem brauchte er Sinn, und diesen Sinn lieferte ich mit meiner Existenz, meiner Identität. Jetzt gab es in dem Haus auch noch etwas anderes zu tun als zuzusehen, wie Jack sich langsam, aber sicher zugrunde richtete – jetzt konnten sie eine lange verlorene Tochter in die häusliche Gemeinschaft aufnehmen.

Die bedrückte Stimmung des Hauses verschwand.

Eines Nachmittags steckte Jack den Kopf zur Badezimmertür herein, als ich mir gerade die Zähne putzte. Er genoss es, mich zu beobachten.

»Hör mal, Kleines, kannst du die Socken ineinanderstecken, wenn du sie in die Wäsche tust? Neue Regel. Damit sie zusammenbleiben. Und nicht eine rote unter die weißen gerät, verstehst du?«

Später am Abend hatte er noch einen Tipp für mich; offenbar gab er lieber Ratschläge als welche zu erhalten. »Ich zeig dir das mal. So kriegst du einen Deckel ab, wenn er zu fest sitzt. Klopf rundum ein paarmal mit dem Messergriff drauf, dann versuch's wieder neu. Braves Mädchen. Jetzt sitzt du nie wieder mit einem Glas da, das nicht aufgeht.«

Oder am übernächsten Morgen, als er unvermutet dazukam, während ich die Unterwäsche seiner Mutter bügelte: »Oh, Jan, nur eine Kleinigkeit. Wenn du deinen Hund hinter dem Haus festbindest, lass ihm genug Leine, dass er nicht gerade da hinkacken muss, wo er sitzt. Ist doch nur fair.«

Ein andermal: »Jan, entschuldige, dass ich so spät störe – Mann, ist es wirklich schon so spät? –, aber wenn du dein Auto am Berg parkst, schlag die Räder Richtung Rinnstein ein, sonst …«

Oder: »Das Entscheidende an guten Tischmanieren ist, dass der Gast sich wohl fühlt. Wenn dein Gast frisst wie ein Schwein, dann friss auch wie eines.«

Er nahm diese Vaterrolle mit einer Bereitwilligkeit an, über die ich mich nur freuen konnte. Und mir fiel auch auf, dass in diesen Tagen sein Alkoholkonsum zurückging. Wenn er jetzt dasaß und sich die Beverly Hillbillies aus zehn Zoll Entfernung ansah, hatte er nicht immer automatisch einen Boilermakers in der Hand. Er zog die Hemden an, die ich für ihn bügelte, und war überhaupt in allem – seine Anerkennung für meine Bemühungen, mich einzufügen – umgänglicher. Ich war zwar selbst noch in der Probezeit, aber trotzdem versuchte er schon, mich zu beeindrucken.

»Wie sehe ich aus?«, fragte er, als er sein bestes Hemd aus seinem Schrank anzog, und gute Hemden hatte er nicht viele.

»Wie ein neuer Mensch.«

Er strahlte wie ein kleiner Junge, als ob allein schon der Umstand, dass er so etwas glauben durfte, ein Wunder sei, auf das er nicht mehr gehofft hatte.

Und dass nun plötzlich wieder die Möglichkeit bestand, dass etwas anderes als ein paar vielgelesene Bücher ihn überlebte, trug offenbar dazu bei, dass er in einem viel tiefer gehenden Sinne wieder Lebensmut schöpfte. Zu Anfang hatte er mich herablassend behandelt – er, der große Schriftsteller, ich, die einfältige Stenographin; nie hatte er mich nach meiner Meinung zu etwas, das er sagte, gefragt –, aber jetzt interessierte es ihn, was ich dachte. »Stella!«, rief er in solchen Fällen nach oben. »Jan und ich machen einen Spaziergang. Zum Abendessen sind wir zurück!« Besorgt blickte Stella uns von einem Fenster im oberen Stock nach, wie wir davonschlenderten. Die arme Frau, dachte ich, die halbe Straße hinunter verfolgte sie uns noch mit ihren Blicken. Sie rechnete wohl damit, dass sie ihren Mann erst am nächsten Morgen wiedersehen würde, wenn ein Streifenwagen ihn nach Hause brachte, und er seine Entschuldigungen murmelte und versprach, es das nächste Mal besser zu machen. Aber dann waren wir doch rechtzeitig wieder da, sogar noch zu früh zum Abendessen ... Was für ein Strahlen auf ihrem Gesicht, was für ein Schwung der Schritte, eine Seligkeit, mit der sie die grünen Bohnen und Stampfkartoffeln servierte! Es war ein Zeichen ihrer Anerkennung, dass sie mich als Erste bediente. Das hieß also, so unglaublich das war, es tat uns offenbar allen gut und allen voran mir, und ich glaubte wirklich, das Leben beginne noch einmal von vorn.

Dann kam Petey aus Vietnam zurück.

Petey junior. Mein Cousin. Ein Waisenjunge. Der Sohn von Jacks älterer Schwester. Ich schlief in seinem Zimmer; sein Foto in Uniform hatte mich die letzten zehn Tage jeden Morgen angeblickt.

Hier seine Geschichte, soweit Jack sie mir auf

unseren Spaziergängen, die mittlerweile zur täglichen Gewohnheit geworden waren, erzählt hatte.

Jacks geliebte Schwester war 1943 gestorben, im Krankenwagen auf der Fahrt in das Stadtkrankenhaus von St. Petersburg. Die Kerouacs hatten das Kind aufgenommen, und das wenige, was Jack an väterlichen Impulsen gehabt haben mochte, kam nun dem »Goldjungen« zugute.

Inzwischen war Petey ein erwachsener Mann, und die Kerouacs beteten, dass er den Krieg überstehen möge. Die Briefe, die er von einem Luftwaffenstützpunkt bei Da Nang schrieb, berichteten von immer heftigeren Angriffen. Viele von Peteys Kameraden lagen bereits unter ihren weißen Grabsteinen, zurückgekehrt in die Kleinstädte Amerikas. Die Fernsehnachrichten zeigten immer häufiger Leichensäcke, die sich an den Flugfeldern sammelten, am Himmel fremder Länder die Geschwader unserer Flugzeuge, Staffeln waffenstarrender B-52. Die Kerouacs machten sich Sorgen. Doch dann kam ein Brief. Ein Monat Heimaturlaub war bewilligt. Petey kam heim.

Ich öffnete die Haustür. Blond. Blauäugig. Ich erkannte ihn sofort nach dem Foto, wie er schmuck in seiner Uniform dort stand, allerdings ohne das breite Lächeln auf dem Foto. Er hätte ein gutes Sujet für ein Gemälde abgegeben, der junge Soldat, der seine Illusionen verloren hat, der zu viel gesehen – zu viel getan – hat und das um vieles zu früh.

»Petey!«

Er sah mich verwundert an, dann fragte er mit leiser, tonloser Stimme: »Wer zum Teufel sind Sie?«

Der Tonfall blieb in der gesamten Zeit, die wir miteinander zu tun hatten, so, aber damals lächelte ich ihn noch an, freute mich tatsächlich, ihn zu sehen, fand es wunderbar, wie die Familie immer größer wurde. »Also, ich bin …« Aber was sollte ich sagen? Wie drückte ich es am besten aus? Vielleicht war das sowieso etwas, was besser Jack gesagt hätte. »Ich bin … Jan. Jan Kerouac. Deine verschollene Cousine.«

»Kerouac?«

»Ich habe in deinem Zimmer geschlafen.« Erst da streckte ich ihm die Hand entgegen. »Nicht böse sein.«

Ich muss sagen, Petey verkraftete es ziemlich gut, zumindest in diesen aufgeregten ersten Stunden. Sein späterer Widerstand und die unterschwellige Feindseligkeit mir gegenüber waren ebenfalls nur verständlich, denn erst nach und nach ging ihm auf, dass meine Anwesenheit ihn zwang, sich mit einem etwas geringeren Maß an Aufmerksamkeit von seinem Onkel zu begnügen. Aber am Anfang, als er noch in seiner Heldenkluft steckte und Jack in aller Eile die ganze Geschichte meines Lebens erzählte, als wäre es eine Kurzgeschichte, die er eben der *New York Post* verkauft hatte, muss es ihn schon ziemlich überwältigt haben. Aber vielleicht waren es für diesen Soldaten auch nur ein paar weitere Befehle, die er sich gefallen lassen musste.

Als Jack zu Ende erzählt hatte, und unter dem Druck von Stellas auffordernden Blicken, erklärte Petey, dass er sich freue, mich kennenzulernen. Er erkannte die Tatsache meiner Existenz an. Doch selbst da schon, bei seinem ersten unaufrichtigen Lächeln, sah ich etwas in seinen Augen, ein heimliches Misstrauen, einen noch nicht besiegten Unglauben, der sich noch erheben und neue, unerhörte Gestalt annehmen sollte.

»Also … wo soll ich jetzt schlafen, Onkel Jack, wo mein Zimmer besetzt ist? Ihr seid ja hier anscheinend voll belegt.«

»Aber nein!« Ich sagte das hastig, mit erhobener Hand. Ich bot an, dass ich wieder ins Motel ziehen würde. Binnen zwanzig Minuten könne ich aus seinem Zimmer ausgezogen sein. »Alle dachten, du kommst am Mittwoch, sonst wäre ich schon weg.«

»Ich war zwei Tage früher als erwartet hier«, erklärte er.

»Gib mir zehn Minuten zum Packen.«

»Nein, du bleibst, wo du bist«, sagte er galant. »Das ist jetzt dein Zimmer.«

Nun schaltete Jack sich in die Diskussion ein. Und fragte Petey: »Wie wär's mit den Bermans?«

»Ja, genau«, stimmte Stella zu.

Drei Häuserblocks weiter waren auch die beiden Berman-Jungen im Krieg, und die Eltern hatten leerstehende Betten genug. Ich protestierte sofort, aber Jack ließ es nicht gelten. Stella war ganz dafür, dass ich blieb, wo ich war. »Das ist eine gute Idee. Die Bermans werden sich sicher freuen, wenn wieder Tanzmusik aus einem von ihren Zimmern kommt. Die Stille bringt sie um. Geh doch mal hin und schau, was du ihnen Gutes tun kannst.« Und, fügte sie noch hinzu, die Bermans hatten ja auch Peteys Hund Lucky versorgt, da gab es also schon eine Beziehung, die er pflegen, einen Gefallen, den er erwidern konnte.

»Oh, deinen Hund kenne ich schon«, sagte ich zu Petey, als er sich erhob. »Mein Hund Winston würde gern mit ihm spielen. Vielleicht können wir die beiden mal zusammen ausführen?«

Petey zuckte mit den Schultern, sagte nichts, stattdessen befingerte er seine Mütze und sah sich verlegen im Zimmer um, als ob er sich erst wieder neu damit vertraut machen müsse; dann sagte er, er werde mal rüber zu den Bermans gehen und sehen, ob sie ihn einquartieren konnten.

Wir begleiteten ihn alle zur Tür. »Ich komme noch mit«, bot Jack an.

»Nein, ich mache das schon«, erwiderte Petey.

Als er die Straße hinauf davonging, tat er mir doch ein wenig leid; er hatte sich seine Heimkehr gewiss anders vorgestellt. Vom Briefkasten aus rief Stella ihm noch nach, er solle nicht zu lange wegbleiben, denn sie würde etwas Schönes zum Abendessen kochen. Dann sahen wir ihm alle nach, mit seinem Tornister über der Schulter, bis er in der Ferne verschwunden war.

Am Abend kehrte Petey von den Bermans zurück und hatte auch seinen Hund dabei. Er hatte das Zimmer von Todd Berman bekommen. Todd war jetzt bei den Marines. Die Marines hatten eine schwierige Aufgabe vor sich. Peteys Stimmung war noch finsterer, noch verschlossener geworden. Er war nach wie vor in Uniform, und jetzt sah er regelrecht grimmig aus.

Ich ging zu ihm hinaus in den Garten, wo er seinen Hund an der Schaukel (mit einem alten Autoreifen als Sitz) festband. Als Zeichen der Freundlichkeit band ich Winston los, ließ ihn zu ihm hintrotten, damit er sich die Freundschaft des Ridgebacks erschnüffeln konnte. Der arme Winston sah plötzlich sehr klein aus neben diesem jungen, durchtrainierten, muskulösen Hund, der schnell, aufmerksam, schlank, auf Tempo und auf Kampf gedrillt war. Sofort begannen die beiden, sich vorn und hinten zu beschnüffeln, knurrten sich harmlos an, wie Hunde es tun, wenn sie noch eine Menge übereinander zu lernen haben.

»Eine schöne Rasse«, sagte ich.

»Die Farmer in Südafrika hetzen und töten damit Löwen, wenn sie ihnen zu nahe kommen.« Petey hielt sich eine Dose Budweiser vor die Brust, seine Krawatte war gelockert; offensichtlich hatte er getrunken, seit wir ihn zuletzt gesehen hatten.

»Ehrlich? Einer allein?«

»Unsinn. Man braucht zwei oder drei davon gegen einen Löwen. Aber der Bursche hier, der ist zahm. Noch ein Baby. Stimmt's, Junge?« Petey kraulte den Hund zwischen den Ohren. Der Schwanz peitschte begeistert die Luft, die lange rote Zunge hing ihm aus dem Maul wie ein Seidenband aus Stellas Gebetbuch. »Braver Junge.«

»Scheint ein lieber Kerl zu sein.«

»Kastriert«, sagte er. »Wie ist es mit deinem?«

»Den hat das Alter kastriert.«

Winston hatte Lucky die feuchte Raute seiner Nasenspitze in den Hintern gesteckt, und ich hatte jenes altbekannte verlegene Gefühl, das man als

Hundebesitzer hat, wenn die Unternehmungen der Lieblinge auch eine Intimität zwischen den Besitzern suggerieren.

Ich blickte verstohlen zu Petey hin – sah das Pin-up-Profil der Kerouacs, meinen Vater in seinen besten Jahren.

»Aber der Instinkt versiegt nie, was?«, sagte er.

»Instinkt?«

»Instinkt – das ist am Ende das Einzige, worauf man sich verlassen kann.« Ich nickte zustimmend, als er zu mir herblickte und sah, dass ich ihn ansah. »Instinkt rettet Leben und zerstört Leben.«

Was sollte ich darauf antworten? »Da hast du wohl recht.«

Ich war sehr erleichtert, als Jack in der Hintertür erschien. »Da steckt ihr zwei also!« Er kam nach draußen, streckte beide Arme aus, ging auf Petey zu. »Komm her, du!«

Aber Petey ließ beide Arme hängen, als sein Onkel auf ihn zukam, wie um ihn zu umarmen, dann aber, ein Männerspiel, die Schultern drehte, sich auf Petey warf und ihn ziemlich fest in den Schwitzkasten nahm. »Hab dich! Ha, ha!« Dann wandte Jack sich in einem Ton, als sei gar nichts dabei, an mich, während Petey gutmütige Befreiungsversuche unternahm. »Was gibt's zum Abendessen, Jan? Ich bin halbverhungert. Hatte ganz vergessen, wie viel Nahrung man als Nüchterner braucht.« Jack grinste. Vollkommen verändert. Ein frisches Hemd, rasiert, gut gelaunt ...

»Roastbeef, Kartoffeln und Möhren.«

»Fleisch, Kartoffeln, Möhren. Gut. Hab ich einen Hunger!« Petey zappelte. »Klingt gut, was, Petey? He, Petey, was ist los? Was machst du denn da unten?« Als Jack seinen Klammergriff löste, rappelte der Soldat sich auf, rot im Gesicht, ein zerknittertes Lächeln auf den Lippen. Das hatte ihm nicht gefallen, sagte sein Blick, aber er begriff, wie Jack es gemeint hatte, eine Machogeste, die zeigen sollte, dass sie zusammengehörten, und immerhin über die Absicht freute er sich.

»Stimmt. Das hört sich gut an.« Er strich Haar und Uniform glatt.

»Gut. Und ich soll ausrichten, dass es gleich fertig ist. Also reinmarschiert, Soldat. Links, rechts, links, rechts, nun mach schon. Links, rechts, links ...«

Und so marschierten wir alle drei zum Abendessen.

Der Abend verlief recht gut. Nach dem Willkommensmahl, zu dem es zwei Flaschen billigen Wein gab, saßen Petey und Jack beieinander und redeten vertraulich, vornübergebeugt wie zwei Schachspieler, über die Offensiven und Gegenoffensiven des

Asienkrieges, darüber, dass es eher nach einer Niederlage aussah, über die Zahl derer, die schon umgekommen waren und noch umkommen würden. Ich bekam ein paar Bruchstücke davon mit, während ich Stella beim Abräumen half. Meine Großmutter war schon seit Tagen in ihrem Zimmer geblieben und schlief bereits fest. Ich hoffte, dass alles ruhig blieb, bis Petey sich in ein paar Minuten aufraffte und wieder die Straße hinauf zu den Bermans trottete. Aber es sollte nicht so sein.

»Was willst du hier?« Er hielt mich; seine Hand hatte meinen Arm so fest gepackt, dass es weh tat. Ich roch den Alkohol in seinem Atem. »Was ist das für ein Spiel?«

Ich war gerade in die Küche gegangen und wollte mir vor dem Zubettgehen noch ein Glas Wasser holen, und er war mir nachgekommen. Er drängte mich sofort in eine Ecke, und das mit einem Maß an Wut, das mich vollkommen unvorbereitet traf. Sicher, ich konnte verstehen, dass er ein wenig misstrauisch war, mir war klar, dass meine Ankunft ihn im wahrsten Sinne des Wortes aus dem Haus gedrängt hatte, aber nichts an unseren bisherigen Begegnungen hatte mich auf eine solche Feindseligkeit vorbereitet.

»Ich weiß nicht, was du sagen willst.«

»Wer bist du?«

»Das hat Jack dir doch gesagt.«

»Das habe ich keine Sekunde lang geglaubt. Wer bist du in Wirklichkeit? Wenn du die Tochter von Onkel Jack bist, dann fresse ich meinen … ja verdammt noch mal, dann fresse ich mein *Auto*!« Er tippte sich an die Schläfe. »Wie gesagt. Instinkt. Meine Instinkte sind besser als die von meinem Hund da draußen, manche Sachen rieche ich schon aus hundert Meilen Entfernung. Verwandtschaft. Die Stimme des Blutes. Und dein Blut stimmt nicht, Baby. Ganz und gar nicht.« Jetzt kam er mir noch näher. »Also lass deine Spielchen. Ich hab genug gesehen, klar? Ich frage dich jetzt noch einmal. Und ich frage zum letzten Mal. Wer bist du? Und was willst du hier? Was zum Teufel willst du hier?«

Ich zog meine Geldbörse hervor und zeigte ihm das Foto von meiner Mutter. »Das ist sie. Meine Mutter. Joan Haverty. Jacks zweite Frau. Die Briefe sind allesamt oben, wenn du sie lesen willst.«

»Briefe? Was denn für Briefe?«

»Die Briefe, die Jack an sie geschrieben hat, an Joan, meine Mutter, in denen er alles eingesteht. Und bevor du weitersprichst, will ich dir noch etwas sagen. Ich kann mir wahrscheinlich überhaupt nicht vorstellen, wie dieses letzte Jahr für dich gewesen ist, aber ich habe auch gekämpft, auf andere Art, jahrelang, wenn du's wissen willst, ich habe jahrelang darum gekämpft, dass ich jetzt hier an diesem Platz sein kann, dass ich wenigstens mal ein paar Wochen mit einem Mann verbringen kann, der nie für mich da war, nicht ein einziges Mal in meinem ganzen Leben, verstehst du? Vergiss das nicht; vergiss nicht, dass du für mich ... *der bist, der besser dran war.*«

Er antwortete nicht darauf. Konnte darauf nicht antworten. Ich war kurz davor, in Tränen auszubrechen, und war selbst überrascht, wie stark die Emotionen in mir waren. Sein Angriff hatte mich tief getroffen und an eine alte Wunde gerührt, und ich musste einfach zurückschlagen. Ich hatte schon viel zu lange das Hausmädchen gespielt, das für seine schiere Existenz um Verzeihung bat. Es wurde Zeit, dass ich mich verteidigte. Es wurde Zeit, dass ich mich nicht mehr als Mensch zweiter Klasse fühlte. Welche Rechte ich unter diesem Dach hatte, das entschieden Jack und ich. Deshalb ließ ich Petey jetzt einfach stehen und verschüttete, als ich mich an ihm vorbeidrückte, keinen Tropfen von meinem randvollen Glas Wasser. Ein eleganter, eindrucksvoller, perfekt gelungener Abgang, wenn man die Umstände bedachte.

Ich fand Petey in der Garage, als ich mich am nächsten Tag nach ihm umsah. Es sollte nicht aussehen, als ob ich ihn meiden würde. Er hatte eine Menge durchgemacht. Ich hatte beschlossen, dass ich tun wollte, als sei ich es gewesen, die im Unrecht gewesen war.

Er hatte ein paar gusseiserne Gewichte hervorgeholt, die offenbar verrostet und vergessen dort gelegen hatten. Er hatte sich rücklings auf eine Holzkiste gelegt und stemmte diese ziemlich schwer aussehenden Hanteln. Er war rot im Gesicht, wenn er die Arme streckte, hielt beim Stemmen den Atem an und atmete aus, wenn die Gewichte wieder unten waren. Das machte er mehrere Male. Ich hätte ihm geholfen, aber irgendwie bugsierte er nach acht solchen Runden die Hanteln wieder allein zurück an ihren Platz in der Halterung. Er setzte sich auf, schnaufend, die Stirn feucht von der Anstengung, und sah mich mit weitaus freundlicheren Augen an als am Abend zuvor.

»Und?«, sagte er.

»Ich wollte nur sagen, dass es mir leidtut wegen gestern Abend. Dass ich dir deine Heimkehr verdorben habe.«

Darüber, was er als Nächstes sagte, staunte ich. »Da wären wir also Cousin und Cousine, was?«

Ich bestätigte das mit einem breiten, erleichterten Lächeln. Vielleicht konnte ich ja, genau wie ich Jack geholfen hatte, auch für Petey noch etwas Gutes tun. »Sieht ganz so aus.«

»Tja, dann … werde ich mich da wohl einfach dran gewöhnen müssen, nicht wahr?«

»Genau wie ich. Genau wie ich.«

»Ja«, sagte er. »So wird's sein.«

»Wäre schön, wenn wir uns ein bisschen besser kennenlernen würden.«

»Na, mal sehen.«

Ich wusste das sehr zu schätzen, wie er sich bemühte, die Brücke wieder aufzubauen, die er zwischen uns abgebrochen hatte. Er massierte sich die Hände, und ich fragte:

»Du treibst gern Sport?«

»Sport?« Er machte ein Gesicht, als hätte ihm noch nie jemand so eine Frage gestellt. »Keine Ahnung. Wahrscheinlich schon. Von Zeit zu Zeit. Was soll man sonst machen? Zusehen, wie Onkel Jack sich besäuft?«

»Und wie viel hast du da gerade gestemmt?«

»Das hier? Hundertzwanzig. Hundertzwanzig habe ich schon öfter geschafft. Schon oft.«

»Ehrlich? Das ist genau mein Gewicht. Hundertzwanzig Pfund.«

»Ja dann.«

Soldat, Tötungsmaschine, ein Mann, der Befehle befolgte, ohne sie in Frage zu stellen – ich hatte den Eindruck, das war die Rolle, die er unter den schweren Eisengewichten aus sich herausstemmen wollte, und zwar mit aller Kraft. »Das ist doch prima«, sagte ich.

»Was hältst du davon, wenn wir uns irgendwo was zu essen suchen und dabei mal ein paar Sachen besprechen? Hm?«

Ich nickte, zuckte mit den Schultern, blickte in Richtung Haus, damit er die Furcht in meinen Augen nicht sah (denn ich spürte, dass ich mit diesem Mann doch noch Arbeit bekommen würde), lächelte. »Sicher. Warum nicht.«

So landeten wir in Charlie's Diner, draußen an der Interstate, kurz nach Mittag. Es war kaum mehr als ein alter Eisenbahnwagen, aufgebockt und mit einer Reihe von Tischen auf beiden Seiten ausgestattet, an denen eine fettärschige Kellnerin namens Pam bediente, die, wie Petey mir erzählte, Schwester des besagten Charlie. Mir war nicht nach Essen, aber Petey schien ausgehungert. In diesem Augenblick schwirrten jungen Männern am anderen Ende der Welt Kugeln um die Köpfe, auf denen sein Name stand; vielleicht trafen diese Kugeln die jungen Männer auch. Er musste davon ausgehen, dass ihm nicht viel Zeit im Leben blieb, und diese Zeitnot spürte man in jeder seiner Bewegungen. Wir bestellten. »Nach einer Weile kann man den Air-Force-Fraß nicht mehr sehen, und dann denkt man nur noch an Imbissbuden. Du sitzt da in der Hölle, und rings um dich her ist der Teufel los, und du kannst an nichts anderes denken als daran, wie viel Ketchup du auf eine Schale Fritten tust, wenn du erst mal wieder zu Hause bist, sofern du das noch mal schaffst. Verstehst du, das ist womöglich dein letzter Gedanke. In deinem letzten Augenblick denkst du an einen Burger so breit wie die Interstate mit gebratenen Zwiebeln dazu.« Wütend biss er in sein fleischgefülltes Brötchen, kaute mit vollen Backen, schloss die Augen, nun wo ein Traum sich erfüllte.

»Es muss grässlich sein da drüben.«

»So könnte man sagen.«

»Da ist es doch schön, dass du mal eine Weile zu Hause bist.«

»Zu Hause ist da, wo das Herz ist, nicht wahr?«

»Das lerne ich gerade.«

Wie stolz ich war, als ich das sagte. Eine wohlige Wärme machte sich in mir breit. Ich war dankbar für das Bild von Jack, das vor meinem geistigen Auge erschien; aber dann musste ich Petey doch etwas sagen, von dem ich fand, dass er es wissen sollte, bevor mein Essen kam. »Du weißt, dass er nicht mehr lange zu leben hat?«

Petey sah mich an. »Ich finde, er sieht ganz gesund aus.«

»Er hat einen Plan. Ein Geheimnis. Er sagt, damit will er Unsterblichkeit erlangen. Ich verstehe es selbst nicht so ganz, aber jedenfalls will er sein Ich umbringen.«

»Sich umbringen?«

»Ist ja lustig. Genau das habe ich auch gesagt. Nein, nicht sich – obwohl er das nebenbei auch tut –, *das Ich*. So hat er es mir beschrieben. Er will das Ich töten, und in seinem Fall ist das so eine Art Massenmord. Aber ich verstehe nicht, wie man das Ich umbringen kann, ohne dass man sich dabei selbst mitumbringt. Ich glaube, es ist nur eine Art, einen Selbstmord auf Raten zu rechtfertigen. Es ist ihm sehr, sehr schlecht gegangen.«

»Also mir kommt er vor wie genau der alte Kathoholiker, der er schon immer gewesen ist. Hör mal, der Mann ist Säufer, solange ich ihn kenne. Warum soll sein Körper da gerade jetzt nicht mehr mitmachen? Wenn du ihm helfen willst … wenn du ihm wirklich helfen willst, am Leben zu bleiben, dann musst du lernen, die Flasche zu verstecken, genau wie Stella das macht.«

Ich nickte. Vielleicht konnte ich auch in dem Punkt mehr tun. »Ich habe überlegt, ob ich eine Reise mit ihm machen soll. Ihn mit nach Kalifornien nehmen.« Das rutschte mir heraus – ich musste jemandem von diesem Plan erzählen und hatte beschlossen, Jonathon nichts mehr von meinen Unternehmungen oder von der Identität meines Vaters anzuvertrauen. »Ich dachte, das muntert ihn vielleicht auf. Neue Kraft zum Weitermachen.«

»Ich glaube, da fragst du besser Stella. Für so was ist sie zuständig.«

Er wandte sich wieder seinem Burger zu, kaute energisch, und eine Weile sah ich einfach nur zu, wie er das Ding rundum abnagte, sich zur triefenden Mitte hin vorarbeitete. »Wir brauchen einen Bluttest«, sagte er zu mir und leckte sich dabei die Mayonnaise von den Fingern.

»Einen Bluttest?«

»Ja. Wenn du so freundlich sein willst. Nur damit keiner mehr zweifeln kann. Es sei denn, du willst nicht. Nur damit wir wissen, ob du wirklich die bist, als die du dich ausgibst.«

»Ein Bluttest?« So, so, dachte ich, seine Feindseligkeit hatte er also nur ein Weilchen verborgen gehalten. In Wirklichkeit hatte er nie die Waffen niedergelegt. »Sicher«, sagte ich. »Können wir machen.«

»Wunderbar. Jedes bisschen hilft. Wunderbar. Nicht für mich, verstehst du. Aber andere werden Fragen haben. Deine Mutter hat vielleicht noch andere Verehrer gehabt, ist doch denkbar, oder? Und nach dem, was Jack erzählt, waren sie ja nur ein paar Monate lang verheiratet. Da ist es besser, man vergewissert sich.«

Jetzt sah er mich ganz anders an, wollte prüfen, ob ich mich davon aus der Fassung bringen ließ. Also sagte ich ihm, um ihn zu beschwichtigen: »Ich kann dir sogar eine Kopie von meiner Geburtsurkunde besorgen, wenn das hilft.«

»Gut, dann mach das. Jedes bisschen hilft.« Damit hatte er nicht gerechnet, und das war ein kleiner Triumph für mich. Er entspannte sich wieder. »Alles, was du beibringen kannst. Ich hab ja nur ungefähr drei Wochen vor meinem nächsten Einsatz, und je eher wir … na ja, den Scheiß hier geregelt kriegen, verstehst du?«

»Zu Befehl, Sir«, sagte ich mit einem Lächeln und einem kleinen Salut.

Jetzt lächelte er auch, genauer gesagt, zeigte er exakt das Grinsen, das ich von dem Bild auf meinem Nachttisch kannte. »Okay dann«, sagte er. Und jetzt, wo man doch wieder denken konnte, dass wir vorankamen, dass wir beide wussten, woran wir miteinander waren, aß er zu Ende, wir zahlten und gingen dann wieder hinaus zu meinem bauchigen Plymouth auf dem Parkplatz und redeten nun endlich von etwas anderem.

Auf der Rückfahrt hielt uns ein Polizist an. Der Streifenwagen tauchte im Rückspiegel auf, und ich hielt am Straßenrand. Was hatte ich verbrochen? Der Polizist ließ sich Zeit, kam breitbeinig zu meinem

Wagen stolziert, und an seinem Gürtel baumelten all die Werkzeuge, die er zur Verbrechensbekämpfung brauchte. Ich sah mein Zerrbild im Glas seiner Sonnenbrille, als ich die Scheibe herunterkurbelte.

»Tag, Ma'am.«

»Ist etwas nicht in Ordnung, Officer? Habe ich etwas falsch gemacht?«

»Routineüberprüfung, nichts weiter. Nummernschild von anderswo. Viel Gummi haben Sie ja nicht mehr auf den Reifen, und es brennt nur ein Bremslicht. Darf ich Ihren Führerschein sehen, Ma'am?«

Jetzt war ich dran. Meinen Führerschein hatte ich in San Francisco gelassen. Ich erklärte es dem Beamten. »Ich war schon so gut wie hier, bevor ich es merkte.« Was ich ihm nicht erzählte, war, dass der Führerschein auf meinen echten Namen Haverty lautete und ich mir angewöhnt hatte, ihn nirgendwohin mitzunehmen, weil ich mich ja jetzt Weintraub nannte.

Er forderte mich auf auszusteigen. Ich sah Petey an. Der schwieg, beobachtete aber alles genau.

Der Polizist wartete, bis ich draußen war, und bat mich dann, mit zum Streifenwagen zu kommen. Ich tat, wie mir geheißen. Dort wurden mir im knappen Ton die üblichen Fragen gestellt. Ich bemühte mich, ihm klar und deutlich zu antworten. Warum haben wir immer Angst vor der Polizei? Hat es etwas mit der Erbsünde zu tun, geht es zurück bis zum Garten Eden? Aber was es auch war, ich war lächerlich aufgeregt, als ich meinen Namen angab, Janet Michèle Haverty Kerouac, mein Geburtsdatum, meine Adresse in San Francisco, und zuletzt wollte er wissen, wieso ich einen Wagen fuhr, der auf jemand anderen zugelassen war. Zu meiner Verblüffung sagte er dann, ich müsse mit auf die Wache kommen und dableiben, während er ein paar Erkundigungen einziehe. Ich fragte, ob das denn wirklich nötig sei. Hätte ich mir sparen können. »Was ist mit meinem Auto? Und mit meinem Freund?«, fragte ich.

»Das Auto rührt sich nicht von der Stelle. Und Ihr Freund wird wohl zu Fuß gehen müssen.«

Ich kehrte zum Wagen zurück und erklärte Petey die Lage. Es sei nur eine Routinekontrolle. Der Beamte nehme es besonders genau, und Petey müsse entweder zu Fuß nach Hause gehen oder warten, bis ich zurück sei. Ich könne nicht sagen, wie lange es dauern werde. Er blickte immer wieder hinüber zu dem Polizisten, dann sah er mich an, wieder den Polizisten, dann wieder mich, schließlich stieg er ohne ein Wort aus dem Wagen. Ich zog den Zündschlüssel ab, verschloss das Auto, ergab mich in mein Schicksal und fuhr mit in die Stadt. Ich blickte noch einmal zurück und sah Petey am Straßenrand stehen.

Sie hielten mich fast zwei Stunden auf der Polizeiwache fest. Erklärten mir, ich dürfe die Stadt nicht verlassen, solange meine Angaben nicht überprüft seien; die Tatsache, dass ich Jacks Tochter war, beschwichtigte sie allerdings. Sie kannten Jack. Wussten, wo er wohnte. Das wunderte mich nicht, und ich fand es nur traurig, dass es nicht seine Bedeutung als Romancier war, derentwegen die Polizei ihn so gut kannte.

Zu dem Schluss gekommen, dass sie riskieren konnten, mich laufenzulassen, boten sie an, mich – ihre gerade erwischte gefährliche Kriminelle – wieder zu meinem Wagen zu fahren. Ich ging lieber zu Fuß und musste auf meinem Weg immer wieder an Cassady denken, den die Polizei ununterbrochen schikaniert hatte. Keine Frage, Polizeigewalt verunsicherte. Ein schlechtes Wort von ihnen, und das eigene Leben gehörte einem nicht mehr.

Was für eine Erleichterung, danach wieder durch die Straßen von St. Petersburg zu schlendern, unter den Ulmen und Roteichen, die den Boden mit einem ganzen Eichelteppich bedeckt hatten, als Jack und ich dort spazieren gegangen waren; Jack hatte mir die Namen der Baumarten beigebracht, als wären es geheime Schlüsselwörter, die mir den Zugang zu einer Welt des Wissens öffnen würden. Als ich an der Esso-Tankstelle vorüberkam, trug der Wind vom Golf einen Hauch Benzinaroma her, und ich musste an Neal denken, über zwei Jahre lang eingesperrt, weil er Marihuana bei sich gehabt hatte. Wie ihm das zugesetzt hatte. Und Jack auch. Wie schlimm für Jack, als sein heroisches Alter Ego im Knast saß. Da musste mindestens die Hälfte von Jacks Seele ebenfalls im Knast gesessen haben.

Eine halbe Stunde später war ich wieder zu Hause. Ich stieß einen Seufzer der Erleichterung aus. Was für ein Nachmittag. Ich ging sofort auf mein Zimmer.

Am Abend wollte Petey meinen Bericht hören. Er klopfte bei mir an die Tür. Ich saß über meiner Arbeit, aber er kam herein und schloss die Tür hinter sich. Ich merkte sofort, dass er wieder getrunken hatte und von neuem ein vollkommen anderer Mensch war.

In dem Augenblick war ich umgeben von Jacks Briefen, füllte mein Notizbuch mit Daten, Titeln, Anmerkungen, Querverweisen – mein Bibliographieprojekt hatte ich ja nicht aufgegeben. Und Petey stand da und sah sich all die Papiere von Jack an, die dort verstreut lagen, und zeigte keinerlei Reaktion, bis er auf dem Regal gegenüber meinem Bett sein Foto sah. Er griff danach, betrachtete es eine ganze Weile, dann legte er es mit dem Gesicht nach unten wieder hin, als wollte er nicht, dass jemand –

schon gar nicht sein besseres Ich – mit ansah, was er jetzt vorhatte.

Dann kam er, stand hinter mir und griff nach dem erstbesten Brief – einer von Allen Ginsberg, in dem er Jack bat, seine Mutter zu überreden, dass er ihn besuchen durfte (die Bitte wurde nicht gewährt!) –, aber er warf nur einen flüchtigen Blick darauf, dann legte er ihn wieder weg. »Na«, sagte er. »Cousine. Cousine, Cousiiiinchen ...«

»Was willst du, Petey? Ich arbeite.«

»Arbeitest, hm? Du arbeitest, arbeitest, arbeitest.«

Er beugte sich über mich, und ich roch das Bier in seinem Atem. »Na, was meinst du ... was dürfen Cousin und Cousine alles miteinander machen, hm? Nur so eine Frage. Was dürfen Cousin und Cousine miteinander machen, bevor die Polizei kommt? Cousin und Cousine, so wie du und ich. Was dürfen die?«

»Wie meinst du das, Petey?«

»Ich frage dich, wo sind wohl die Grenzen bei Cousin und Cousine?«

Jetzt war er ganz nahe herangekommen, und ich spürte seinen Atem so deutlich wie den von Winston. »Lass das, Petey. Was willst du?«

»Wir sind Cousin und Cousine, oder? Hast du mir doch erzählt, oder?«

Ich ging auf Abstand, stand von dem Stuhl auf

und setzte mich aufs Bett. Er kam nach. Petey setzte sich neben mich und musterte mich. »Cousine, Cousine, Cousiiiinchen.«

»Petey. Lass das. Was willst du?«

»Was ich will?« Dabei fuhr er mir übers Haar, ließ Strähnen durch seine Finger gleiten, als ich den Kopf abwandte.

»Lass das!«

»Schönes Haar«, sagte er. »Mhmmm. Was meinst du, wie kommt es, dass sonst keiner in der Familie solches Haar hat? Da hast du einfach Glück gehabt, was? Jedenfalls mehr als ich in der Beziehung. So gleicht sich alles aus. Ich hab einen Ersatzvater bekommen ... und du hast dieses *wunderbare* Haar.«

»Petey, bitte, lass das bleiben. Sonst muss ich aufstehen und Hilfe holen.«

»Jetzt reg dich nicht auf. Noch drei Wochen, dann bin ich zehntausend Meilen weit weg von hier, dann hast du den ganzen Laden wieder für dich allein. Aber jetzt gerade bin ich noch da. Ich bin noch da und habe nicht die Absicht, anderswohin zu gehen. Ich bin hier nämlich auch zu Hause. Ja verdammt noch mal, das ist sogar mein Zimmer.« Plötzlich fuchtelte er mit dem Arm und stieß die Schreibtischlampe um. Scheppernd fiel sie zu Boden, der Buntglasschirm zerbrach.

»Wir sind Cousin und Cousine«, sagte ich nun selbst, wenn auch ohne große Hoffnung. »Also lass das bleiben.«

Zur Hoffnung gab es auch keinen Grund. Er kam jetzt mit seinem Gesicht ganz nahe heran, als wollte er mich küssen. »Das sagst du ja immer. Sagst. Du. Immer. Also, wie wär's, wenn du … wenn du mir jetzt gleich deinen Führerschein zeigen würdest? Hm? Wie wäre das?«

Als sein Arm sich mit dem Gewicht des Betrunkenen auf meine Schultern senkte, wandte ich das Gesicht ab, und genau in dem Moment öffnete sich die Tür, und Stella stand da; der Lärm hatte sie alarmiert, und sie kam mir zu Hilfe. »Petey!«

Aber offenbar schreckte ihn das nicht, sondern er genoss es sogar, dass sie nun auch noch bei seinem Auftritt mitspielte; er grinste gehässiger denn je, als er sagte: »Gerade noch rechtzeitig, Tante Stella. Komm rein. Da ist uns eine lebendig in die Falle gegangen.«

Doch Stella zog sich wieder zurück – sie erkannte schnell, wann eine Frau unliebsame Aufmerksamkeit bekam –, und wir hörten, wie sie davonpolterte, um Verstärkung zu holen.

Jack fragte mich, was passiert sei. Mir blieb keine Wahl. Ich erzählte ihm die Wahrheit, hielt mich nur an die Tatsachen. Aber obwohl ich versuchte, ihn nicht merken zu lassen, wie sehr mich das alles mitgenommen hatte, entdeckte ich auf Jacks Gesicht den gleichen Ausdruck, den ich schon einmal bei ihm gesehen hatte: damals in der Bar an der Straße, unmittelbar vor der Schlägerei. In dieser Verfassung zog er los, um Petey bei den Bermans zur Rede zu stellen.

Ich streifte beklommen durchs Haus und machte mir Vorwürfe; ich hatte Angst, dass ich zu viel gesagt hatte, Angst vor dem, was jetzt womöglich passieren würde. Eine halbe Stunde später war Jack zurück. »Von jetzt an hast du deine Ruhe«, sagte er, bevor er sich vor den Fernseher setzte und reglos wie unter Betäubungsmitteln die Kriegsmeldungen verfolgte. Das war alles, was er sagte. Als ich fragte, ob er mit Petey gesprochen habe, sagte er bloß: »Von jetzt an hast du deine Ruhe.«

Mein Verstand raste. Was war geschehen? Ich musste dieses Haus verlassen, am besten noch heute Abend. Das Experiment, als Tochter mit meinem Vater unter einem Dach zu leben, war kläglich gescheitert. Peteys Beziehung zu Jack sollte nicht meinetwegen in die Brüche gehen. Er war betrunken gewesen, und das entschuldigte halbwegs sein Betragen. Außerdem wollte er ja gewiss nur seine letzten Vorbehalte gegen mich loswerden, und nach diesem Zwischenfall mit der Polizei waren die nicht ganz unbegründet. Ja, ich sollte meine Sachen packen und gehen, bevor hier alles in sich zusammenstürzte wie ein Kartenhaus.

Was hielt mich also davon ab? Ich brauchte nur noch drei oder vier Tage, dann hatte ich alles für die offizielle Bibliographie beisammen – die spielte nach wie vor eine wichtige Rolle bei meinen Plänen; genaugenommen war sie in diesem Augenblick mein einziger Orientierungspunkt. War es da nicht viel verlockender, diese wichtige Arbeit zu Ende zu bringen, statt meine Zelte abzubrechen, mich davonzumachen, und nichts als ein Trümmerhaufen menschlicher Beziehungen blieb zurück?

Also arbeitete ich bis spät in die Nacht, jetzt mit einer ganz neuen Dringlichkeit, und machte mich nach einer knappen Stunde Schlaf erneut an die Arbeit. Schließlich wurde ich irgendwann kurz vor Sonnenaufgang von Peteys Stimme geweckt, doch diesmal stritt er sich nur mit Jack im unteren Stock. Ein paar dumpfe Worte drangen herauf, dann wurde eine Tür zugeworfen, danach war es still. Hatten die beiden sich wieder vertragen? Oder war es zum endgültigen Bruch gekommen? Jack kam mit schweren Schritten an meiner Tür im Obergeschoss vorbei. Unten in der Küche klirrten Milchflaschen. Er hatte Petey also nicht aus dem

Haus geworfen. Daraus zog ich den Schluss, dass sie sich versöhnt hatten. Doch dann von neuem Lärm, diesmal wütendes Hundeknurren.

Winston! Ich sprang auf und stürzte die Treppe hinunter, nahm jedes Mal zwei Stufen auf einmal, und als ich als Erste die Hintertür erreichte, war sie verschlossen, und ich bekam sie nicht gleich auf. Wertvolle Sekunden verstrichen, bis Petey kam und sie aufschloss. Wie sich herausstellte, waren es entscheidende Sekunden. In der Dunkelheit sah ich die Hunde im Kampf auf dem Rasen, beide bellten sie hysterisch. Was war in sie gefahren? Ich blieb in einiger Entfernung von dem wütenden Knäuel stehen; in der Dunkelheit konnte ich nicht ausmachen, wo welcher Hund war, und wusste nicht, wie ich diese zuckenden, knurrenden, gespenstischen Gestalten voneinander trennen sollte.

Dann ging das Verandalicht an und erhellte, was nicht anders zu erwarten gewesen war. Da war Winston, der arme Winston, den Kopf in den Nacken gedrückt, und der Ridgeback hatte seine Zähne in die massige Kehle geschlagen und schüttelte den ganzen Körper hin und her, eine Technik, die ein Hund in Afrika braucht, um einen Löwen zur Strecke zu bringen.

Petey ging mit einem Sprung dazwischen – ich selbst war wie gelähmt – und riss seinen Hund mit

Gewalt zurück. Der Ridgeback knurrte noch immer mit gebleckten Zähnen und gierte danach, seine blutige Arbeit zu beenden, auch wenn es nicht mehr nötig war, denn Winston schoss das Blut nur so aus den aufgerissenen Adern, und er lag da, ein letztes Mal beinahe friedlich zusammengerollt, machte eine letzte Anstrengung, etwas zu tun, aber das Einzige, was er noch fertigbrachte, war, seine Pfote zu lecken, als könnte dieses altbewährte Heilmittel in seiner aussichtslosen Lage etwas ausrichten.

Stella lief nach drinnen, um einen Tierarzt zu rufen, und Jack folgte ihr ins Haus und kehrte mit ein paar Laken zurück. Während Petey seinen Lucky festhielt, ging ich zu Winston, der noch einmal versuchte, sich aufzurichten, und gleich wieder zusammensackte. Ich ging auf die Knie und hielt ihn im Arm, bis das Blut meine Kleidung durchtränkte und mir an den Händen klebte. Seine Augen waren angstvoll aufgerissen, und sein Körper zitterte, als er begriff, dass nach dieser Niederlage nun nur noch die Dunkelheit blieb. Ich legte meine flache Hand auf die Löcher in seiner Kehle, und das Blut quoll mir durch die Finger, aber trotzdem lag er immer schwerer in meinen Armen, stöhnte verzweifelt, und seine Augen blickten mich fragend an, bis schließlich nur diese Schwere blieb, diese dumpfe, endgültige Last.

Hinter mir war der Ridgeback wieder in seine ältere Rolle geschlüpft und stand jetzt folgsam neben seinem Herrn, unschuldig hechelnd, die Ohren gespitzt und mit wedelndem Schwanz. Er war wie ausgewechselt. Mit anderen Worten: ein Lügner.

Ich streichelte Winstons blutverkrustetes Fell, bis alles zu Ende war. Die ganze Zeit über flüsterte ich, über seinen Körper gebeugt: »Guter Hund. Braver Hund. Guter Junge.«

Mit Winstons Tod war für mich alles anders. Ich wollte jetzt nur noch weg. Ich gab Petey die Schuld. Ich gab mir selbst die Schuld. Es war ein Signal, dass das Spiel aus war, das ganze quälende Theater, das damit begonnen hatte, dass ich an eine weißgestrichene Haustür in Florida klopfte, das Spiel, mit dem ich eine Vergangenheit zurückerlangen wollte, die jetzt offensichtlich nicht mehr zurückzuerlangen war.

Stella bot mir an, den Hund im Garten zu begraben. Wir wickelten ihn in eine Decke, legten ihn in eine von Jack ausgehobene Grube, beinahe groß genug, um einen Menschen zu begraben, und bedeckten ihn mit Erde. Auf den Grabhügel pflanzten wir ein Bäumchen, eine Virginia-Eiche, wie Jack sie mir auf einem unserer Spaziergänge gezeigt hatte, deren breite, ledrige Blätter sich in späteren Zeiten einmal majestätisch über dieses Grundstück breiten würden; Zeiten, die ich nicht mehr erleben würde.

Jetzt wollte ich nur noch weg, mich ohne großes Aufhebens aus dem Staub machen. Und mir fehlte auch mein Jonathon. *Mein* Jonathon? Ja, das Possessivpronomen war angemessen – zumindest sagte mir das mein Herz in diesem Augenblick, als ich mir die beruhigende Stimme meines Liebhabers ausmalte, seinen frischgewaschenen Duft, den wirren Yeats-Haarschopf, die kleine Falte zwischen den Augen, Augen, die stets meinen Drang nach einem wilderen Leben zu zügeln suchten. Ich sehnte mich danach, umarmt, getröstet, gerettet, geheilt zu werden, wollte, dass er mich wieder zu der machte, die ich einmal gewesen war. In meiner Not war er die eindeutige Wahl.

In fieberhafter Eile schrieb ich Passagen aus Jacks Briefen ab. Sobald die Polizei den Plymouth freigegeben hätte, würde ich fahren.

Stella war großartig. Als sie spürte, dass ich nur noch wegwollte, wollte sie offenbar alles tun, mir bei der Fertigstellung meiner Arbeit zu helfen, damit ich meine eigenen, jetzt drängenden Termine einhalten konnte. Ja, schien sie mit allem zu sagen, es ist besser, wenn du gehst.

Aber Jack schlug den entgegengesetzten Kurs ein: Er wirkte zunehmend beunruhigt bei dem Gedanken, mich zu verlieren, und versuchte, mich mit immer verlockenderen Projekten zum Bleiben zu bewegen: Ich könne einen Text lesen, den er einige Monate zuvor geschrieben habe, seine Briefe vollständig katalogisieren oder – jetzt da Petey in Ungnade gefallen war – einen ersten Entwurf für seine Biographie verfassen. Sein Einverständnis sei mir sicher.

»Ist das dein Ernst?«

»Wer könnte das besser als die eigene Tochter?«

Früher hätte ich mich an diesem Punkt hinsetzen müssen, weil es mir den Atem verschlagen und mein Herz geklopft hätte wie wild, aber jetzt lag mir der Gedanke, jemandes Biographie zu schreiben, ziemlich fern. Musste ich seine Geschichte überhaupt noch erzählen? Worauf war ich jetzt noch neugierig? Es schien mir so viel wichtiger, diesen Mann zu beschützen, statt ihn bloßzustellen. Die Biographin in mir war so gut wie tot.

Da ich fest entschlossen sei, binnen der nächsten Tage abzureisen, könne ich nur noch die Bibliographie zu Ende bringen, sagte ich. Aber er bat mich, ich solle mir das noch einmal überlegen. »Du musst bleiben. Bevor die Piranhas herausfinden, wo ich wohne, und hierherschwimmen, um mich bei lebendigem Leibe aufzufressen. Bleib. Schreib das Buch. Du bist die Richtige dafür.«

Die Chance meines Lebens; wie konnte ich ein solches Angebot ausschlagen? Aber lebenslange Träume sind oft Symbole für ganz andere Dinge, und man darf sie nicht immer wörtlich nehmen.

»Ich muss darüber nachdenken. Ich sage dir heute Abend Bescheid.«

Ich frühstückte mit Jack und Stella, Crêpe Suzette mit Zucker, Jacks Lieblingsfrühstück, dann ging ich in mein Zimmer, wo sich jetzt Jacks gesamte Korrespondenz befand. Ich war mit der Lektüre der ersten drei Karteikästen mehr oder weniger fertig, insgesamt an die dreihundert Briefe, und war nun auf der Zielgeraden.

Ein Jammer, dass ich die Briefe nicht einfach mit nach Kalifornien nehmen konnte. In der Familie gab es bestimmt keinen, der viel damit anzufangen wusste. Genaugenommen standen sie mir sogar rechtmäßig zu. Mit solchen Papieren konnte sich eine Tochter eine Existenz aufbauen und der zweiten Hälfte ihres Lebens mit Fassung entgegensehen, sie konnte an ihrer Karriere basteln wie ein Max Brod, ein Christopher Tolkien oder eine Elisabeth Nietzsche. Erst die Biographie, dann eine Ausgabe der Briefe. Und danach das ganze Drum und Dran – die Sahnehäubchen für die Nachlassverwalterin:

europäische Tagungen zur Nachkriegsliteratur mit einem einführenden Vortrag der Tochter, der lebenden Verkörperung und Bewahrerin des Erbes dieses Genies. Sie würde alberne Spekulationen zurückweisen, profitgierige Trittbrettfahrer in ihre Schranken weisen, selbst stets die oberste Instanz in puncto Daten und Deutungen sein; von Zeit zu Zeit würde sie ein paar neue Enthüllungen lancieren, dann schließlich die Entdeckung einer bisher unbekannten Sammlung von Briefen, nur um die Flamme des Künstlers nicht verlöschen zu lassen. Was für ein herrliches Gefühl, wenn man über solch ein Archiv geböte und auf diese Weise eine kleine Rolle in der Geschichte der amerikanischen Literatur spielen könnte.

Ich öffnete die Schublade – vielleicht zum letzten Mal – und begann zu lesen; das Papier war schon brüchig, die Kanten braun wie alte Teebeutel. Noch einmal betraten die Hauptakteure die Bühne, der letzte Akt des Dramas nahm seinen Lauf. Und wieder war ich verblüfft: Was für Risiken die Jungs damals eingegangen waren – die Zutaten zu einer Tragödie lauerten immer in den Kulissen, warteten nur auf eine Gelegenheit. Ich las einen sehr persönlichen Brief von Allen Ginsberg, der einen Einblick in ihre Gefühlswelt eröffnete. Danach eine knappe, trockene, aber herrlich zynische Notiz von

Burroughs, der überall einen paranoiden Polizei-apparat am Werk sah. Und dann, am wichtigsten von allen, Neal Cassadys stürmische, halbverrückte Auslassungen in seinem fließenden, assoziativen Stil – unverkennbar das Vorbild für Jacks eigenen.

Kein Wunder, dass Jack diese Briefe aufbewahrt hatte. Er erkannte ein Kunstwerk, wenn er eins vor sich hatte, selbst wenn es auf die Rückseite von Wäschereiquittungen und Busfahrkarten gekritzelt war.

Notgedrungen ließ ich einige Briefe aus. Ich hatte nur noch den einen Gedanken: Wenn ich doch bloß mehr Zeit hätte, nicht ein Jahr, sondern mehrere, und in dieser Zeit alle Einzelheiten durchgehen könnte, immer und immer wieder.

Binnen einer Stunde war ich ganz und gar gefesselt von dem, was Jack und Neal über die Ereignisse rund um das Erscheinen von *Unterwegs* erzählten. Ich las langsamer. Ich war auf eine Goldader gestoßen.

Was mich schließlich in Bann schlug, war ein Brief von Neal, in dem er über seine Verhaftung wegen Drogenbesitzes und die anschließende Gefängnisstrafe berichtete. Aus den Daten konnte ich schließen, dass Neal exakt zu der Zeit, als Jack sich im ersten Glanz seines Ruhmes sonnte, um seine Freiheit kämpfte. Ich nahm Briefe von Ginsberg und Burroughs dazu und konnte die Sache aus verschiedenen Blickwinkeln betrachten. Jetzt war es eine Qual, das zu lesen. Es war ja nur zu offensichtlich, dass der Rummel, den der Roman ausgelöst hatte, die Polizei geradezu mit der Nase auf Neals Existenz gestoßen hatte. Die Verbindung lag auf der Hand. Unbestreitbar. Das Buch hatte das Interesse der Polizei an Neal geweckt. In einem der Briefe machte Burroughs Jack deswegen sogar Vorhaltungen. Und so kam die wahre Geschichte ans Licht: Wie die Jungs vom Drogendezernat sich auf die Suche nach Neal gemacht hatten, nachdem der Roman zum Sensationserfolg geworden war. Seine Verhaftung war mit Sicherheit kein Zufallstreffer. Sie hatten diesem literarischen Phantom aufgelauert, kannten bereits seinen Namen, und als sie ihn eines Morgens am Straßenrand zur Arbeit stolpern sahen (Neal war Bremser bei der Eisenbahn, schuftete für einen Hungerlohn in Jeans und weißem T-Shirt, ein Zombie aus der Arbeiterklasse, Marmeladenbrote in der Lunchbox), stellten die Beamten ihm eine Falle. In Zivilkleidung und in einem Zivilfahrzeug hielten sie neben ihm am Straßenrand und boten ihm an, ihn mitzunehmen, im Gegenzug für »eine Kleinigkeit«. Er fiel auf den Trick herein. Erwischt. Verhaftet. Verurteilt. Ein Gericht gab Neal »zehn Jahre bis lebenslänglich«, weil er diesen beiden

Fremden einen einzigen Joint angeboten hatte. So landete die Literatur im Kittchen, und ich blätterte zurück zu dem bitteren Brief, den Burroughs einige Tage nach dem Urteil an Jack geschrieben hatte und in dem er ihm vorhielt, er habe Neal *»mit diesem Buch ans Messer geliefert«*.

Das nächste Schriftstück, das ich mir vornahm, war der Durchschlag eines Briefes, diesmal von Jack an Neals Ehefrau Carolyn, die sich nun allein um ihre drei Kinder kümmern und mit ihrer Vorstadtneurose herumschlagen musste. *»Zu viel Heldenverehrung, schlimmer als Nichtachtung«*, schrieb Jack über Neal. Er wisse genau, wovon er rede, schrieb er an Carolyn, denn gerade an diesem Morgen habe er, als er aus dem Fenster gesehen habe, festgestellt, dass sein Garten in Northport, Long Island, voll von Highschoolmädchen war; sie waren auf den Gartenzaun seiner Mutter geklettert, dass die Latten sich unter dem Gewicht ihrer baumelnden nackten Teenagerbeine bogen. Zum Schluss schrieb er noch, er lege einen Scheck über dreißig Dollar bei, damit solle sich Neal eine Schreibmaschine kaufen. Wenn er schlau sei, werde er Genets Beispiel folgen und aus seiner Haftstrafe etwas machen.

Kurz darauf wurde ich zum Mittagessen hinuntergerufen, aber ich konnte mich nicht losreißen. Das Nachspiel von Neals Verhaftung und die gleichzeitige Heldenverehrung, die über Jacks Leben hereinbrach, fesselten mich. Die Gegensätze waren extrem: Kerouac im Fernsehen vor einem Publikum von vierzig Millionen, dann, auf dem Weg zum Taxi, verfolgt von »*Mädchen, Mädchen, Mädchen*«, während Cassady in orangeroter Häftlingskluft zu einer Hämorrhoidenoperation auf die Krankenstation geschafft wurde, wo man ihm wegen seines Drogenkonsums die Narkose verweigert, so dass er sich vor Schmerzen krümmt. Kerouac, der die Filmrechte an Warner Brothers verkauft, während Neal von sämtlichen Knackis, die »*ein Stückchen von Dean Moriarty abhaben*« wollten, brutal misshandelt wurde.

»*Übrigens*«, schloss einer von Neals Briefen, »*steht* Unterwegs *hier in der Bibliothek, und mein Zellengenosse Dougie Ferguson beklagt sich, dass es ständig ausgeliehen ist, so dass er es immer noch nicht lesen konnte; ehrlich gesagt, wäre es mir am liebsten, wenn das niemand täte ...*«

Bis dahin hatte ich gedacht, ich wüsste alles über das Leben meines Vaters. Jetzt ging mir auf, dass ich keine blasse Ahnung hatte.

Um ein Uhr ging ich nach unten, und ich konnte meine Wut nicht verhehlen. Meine verwirrten Gefühle hatten sich zu einer elenden Art von Ekel zusammengeballt. Mehr und mehr wünschte ich mir, ich hätte mit der ganzen schmutzigen Geschichte nichts mehr zu tun.

Ich aß hastig, dann fragte ich Jack, ob ich mit ihm allein sprechen könne. Ich bat sogar darum, seine Antwort aufzeichnen zu dürfen. Er nickte, ein wenig erstaunt, aber wahrscheinlich nahm er an, ich wolle auf sein Angebot eingehen und doch die autorisierte Biographie schreiben, und unter diesen Umständen kam er meiner Bitte bereitwillig nach.

Doch als sich die Tonbandspulen wieder in Bewegung setzten und er nun endlich den gequälten, empörten Blick in meinen Augen bemerkte, verschwand das Lächeln. Dann holte ich einige seiner alten Briefe aus der Tasche. Er zog sich in die Ecke zurück und griff nach dem Bier. Es waren Briefe, die er sehr lange geheim gehalten hatte, und das aus gutem Grund.

Zwei Monate nach der Veröffentlichung von *Unterwegs* machen sich zwei Drogenfahnder auf die Suche nach Dean Moriarty und verhelfen ihm zu einer Freifahrt: ins Gefängnis.

Carolyn Cassady weiß nach der Verhaftung ihres Ehemanns nicht, wohin sie sich wenden soll.

Die Kaution für Neal beträgt zwölftausend Dollar. Dem Richter geht es darum, diese gefährliche, aus einem Bestseller entlaufene Figur unter Verschluss zu halten. Und so kommt es, dass Dean Moriarty trotzig in Bluejeans und T-Shirt vor die Geschworenen tritt. Die Literatur steht unter Anklage; sie bekommt fünf Jahre bis lebenslänglich wegen Handel mit Marihuana in zwei Fällen.

JAN HAVERTY-KEROUAC   Du siehst keine Verbindung zwischen dem Erfolg deines Buches und der Tatsache, dass sich die Bullen an Neals Fersen geheftet und ihn ins Gefängnis gesteckt haben?

KEROUAC   Ah, das ist also der Grund für dein Gesicht.

HAVERTY   Burroughs hat dir damals geschrieben. Er war empört. Er hat dir vorgeworfen, dass –

KEROUAC   Ich konnte nichts daran ändern.

HAVERTY   Er sagt, es war »deine Schuld«. Neal, fünf Jahre bis lebenslänglich. Diese Zeit im Gefängnis macht ihn fertig. Das sagt er selbst. Ich habe gerade die Briefe von 1954 gelesen. Er wird ein anderer Mensch im Gefängnis, wendet sich Gott zu, ist geradezu besessen, kann die Namen sämtlicher Päpste seit Paulus' Zeiten auswendig aufsagen.

KEROUAC   Der Glaube an Gott nimmt in dem Maße zu, in dem der Glaube an die Welt abnimmt.

HAVERTY   Du hast Neal geliebt.

KEROUAC Wir haben einander geliebt. Er fehlt mir mehr als jeder andere, er stand immer ganz vorn, aber er hat sich von uns zurückgezogen, ins Christentum, in den Katholizismus. Er war nicht mehr er selbst. Ins Schleudern geraten. Er war selbst schuld.

HAVERTY Vor der Verhandlung hat er Carolyn angefleht, die Kaution zu hinterlegen. Er hat sie angefleht, das Haus zu beleihen. Das steht alles in den Briefen. Warum hast du nicht die Kaution bezahlt? Und warum sie auch nicht? Ihr hättet das beide gekonnt. Ihr habt euch deswegen geschrieben. Ihr habt gemeinsam beschlossen, ihm nicht zu helfen.

KEROUAC Sie hatte ihre eigenen Gründe. Zwölftausend Dollar waren eine Menge Geld für sie. Sie wollte das nicht wegen Neal aufs Spiel setzen, der sich wahrscheinlich nicht an die Auflagen gehalten hätte. Sie musste an die Kinder denken. Ich nehme an, sie hat ihm einfach nicht getraut. Sie hatte schon zu viel mit ihm durchgemacht.

Ich wurde wütend.

HAVERTY Aber du hattest Geld! Oder etwa nicht? Du hättest ihn retten können. Deinen Freund. Im

Gefängnis. Vielleicht sogar wegen der Aufmerksamkeit, die dein Buch auf ihn gelenkt hatte.

Er verstummte und sah mich an, seinen Racheengel, das kalte Urteil der Nachwelt in meiner Stimme – kein Wunder, dass er sich so sehr davor fürchtete, dass jemand seine Biographie schrieb. Er hatte entsetzliche Angst vor dem, was sie für alle Ewigkeit enthüllen würde.

KEROUAC   Jetzt hör mir mal zu. Ich war nicht derjenige, der ... Ich habe den Bullen kein Marihuana gegeben. Das war er. Verstehst du? Er ganz allein. Und außerdem stand ich damals selbst unter Druck.

Seine Worte klangen nicht überzeugend.

HAVERTY   Aber ihr habt ihn beide geliebt. Jack ... du hast damals so viel Geld verdient. Dein Buch über diesen Mann stand auf den Bestsellerlisten. Du hattest jede Menge Geld. Und alles, was er brauchte, waren zwölftausend Dollar, damit er die Kaution bezahlen und sich einen ordentlichen Anwalt suchen konnte, dann wären ihm die fünf Jahre Gefängnis mit Sicherheit erspart geblieben.

KEROUAC   So einfach war das nicht, weil ... Ich

hatte damals anderweitige Verpflichtungen. Ich musste mich um meine Mutter kümmern. Und Carloyn hätte eine Hypothek auf ihre Wohnung aufnehmen müssen ...

Aber das waren nur die lahmen Ausreden eines Mannes, der an diese Ausreden selbst nicht mehr glaubte. Die Spulen des Tonbandgeräts drehten sich, und ich hielt den nächsten Brief in die Höhe. Ich las ihn Wort für Wort vor, Neals tragischen Hilferuf, den er 1958 aus der Zelle an seine Frau schrieb und den diese an Jack weitergeschickt hatte.

CASSADY   Carolyn, das verzeihe ich dir nie. Wie kannst du nur dermaßen einfältig sein? Wovor hast du Angst, wo ist das Risiko? Jetzt beruhige dich mal & überlege: Ich komme zur Verhandlung, und das Haus ist gerettet; so einfach ist das. Glaub mir, wenn ich die Kaution jetzt nicht bezahle, ist mir San Quentin sicher. Und wenn das passiert, gibt es nur einen einzigen Silberstreif am Horizont: Dann gewährt dir der Staat eine bedingungslose Scheidung für nur einen Dollar.

Zornig faltete ich einen zweiten Brief von Neal auseinander, nur einen Monat später geschrieben. Ich fragte mich, ob ich ihn wirklich lesen sollte, aber der Drang zu erfahren, was weiter geschehen war, war zu groß – hatte Carolyn geantwortet und ihren Mann gerettet, indem sie eine Hypothek auf das Haus aufnahm?

CASSADY Werte Gattin. Wenn auch immer noch nicht gebührend zerknirscht, verzeiht dir dein Ehemann großzügig, dass er jetzt ein Verbrecher ist, dessen jüngste Verurteilung durch ein Schwurgericht …

Diese wenigen traurigen Zeilen, laut vorgelesen, gaben Jack den Rest. Die Beine an den Knöcheln gekreuzt, hing er in seinem Sessel, Kinn auf die Brust gedrückt, und bat mich aufzuhören. Ich spürte einen Anflug von Schuldbewusstsein, weil ich diesem verwundeten Mann noch weiteren Schmerz zugefügt hatte. Aber andererseits kannte Jack mit seinem außerordentlichen Gedächtnis den Inhalt dieses Briefes wahrscheinlich mehr oder weniger auswendig. Ein Freund in Not, ein Mann, der am Abgrund steht, die Quelle für deinen größten Erfolg, der, dem du so viel verdankst, schickt einen verzweifelten Hilferuf aus dem Gefängnis, und als Antwort hört er nichts als den Hall seiner eigenen Stimme.

Ich halte einen dritten Brief in die Höhe, dann einen vierten: Neal im Jahr '59, wiederum aus

San Quentin, äußert sich hocherfreut über die Aussicht, dass Jack (dem er keine Vorwürfe macht) endlich das Gefängnis besuchen und vor einem Lesekreis von Gefangenen über Vergleichende Religionswissenschaft sprechen wird. Neal hat das organisiert. Ginsberg hat zugesagt. Jack muss kommen. Wenn Jack nicht als Freund kommen will, dann doch wenigstens als Redner. Anschließend präsentierte ich einen Durchschlag von Jacks Antwortbrief, allerdings *sechs Monate* später geschrieben, in dem er lässig erklärt, warum er nicht zu der Lesung im Gefängnis erschienen ist. Er entschuldigt sich mit einer lahmen (für meine Begriffe schlimmer als lahmen) Geschichte, wie er sich am Abend vor der Veranstaltung so sinnlos betrunken habe, dass er den ganzen nächsten Tag besinnungslos auf dem Fußboden im Wohnzimmer lag, und danach sei er, weil er nicht den Mut aufgebracht habe, sich gleich bei Neal zu melden und ihm zu erklären, warum er nicht gekommen war, kurzerhand nach New York zurückgefahren, um mit seiner Mutter Thanksgiving zu feiern. Ein Truthahn mit der Mutter statt einem Kuss auf die Wange seines eingekerkerten besten Freundes. Was für ein Judas. Als ich diesen letzten Durchschlag vorlas, bedeckte Jack in seinem Sessel mit der einen Hand seine Augen und hob die andere, um mir Einhalt zu gebieten. Kein Zweifel, er gab sich geschlagen, er konnte nicht mehr davon ertragen. Ich faltete die übrigen Briefe zusammen und legte sie auf den Tisch. Alle bis auf einen. Einen Brief musste ich ihm noch vorlesen. Einen einzigen.

»Er hat dir verziehen«, sagte ich sanft. »Trotz alldem hat Neal dir verziehen. Sogar als du ein Verhältnis mit Carolyn angefangen hast.«

Bei diesen Worten blickte er erschrocken auf, und ich hielt das letzte Beweisstück in die Höhe.

»Das reicht jetzt«, sagte er.

»Einverstanden. Aber wenn ich deine Biographie schreiben soll, wie du mir angeboten hast, dann musst du mir eins erklären. Du hast Neal nach dieser Zeit nie wieder in deine Nähe gelassen. Warum nicht? Selbst nach seiner Entlassung aus dem Gefängnis bist du ihm aus dem Weg gegangen, hast dich vor ihm versteckt, hast dich geweigert, ihn zu sehen. Er hat dir so viele Briefe geschrieben, ich habe nur einige davon oben gelesen, aber es gibt keine Durchschläge von Antwortbriefen, also hast du wohl keine geschrieben. Und das alles hat der Mann dir verziehen.«

Jack antwortete nicht.

Und um noch eins draufzusetzen, sagte ich: »Und ich tue das auch. Dir verzeihen. Ich verzeihe dir auch. Deshalb bin ich hergekommen, verstehst du? Um dir das zu sagen.«

Da blickte er zu mir auf, und seine Augen waren feucht – die Parallele zwischen Neal und mir als Opfer exakt der gleichen Art von Unanständigkeit zeigte die gewünschte Wirkung, ließ Jack in aller Deutlichkeit das Muster erkennen, das einmal das Thema und Herzstück meiner Biographie hatte werden sollen: die Symmetrie der Geschichten von Neal und mir; wie man uns beide als Jacks Geschöpfe betrachten konnte, von ihm in eine Rolle gedrängt, die wir uns nicht ausgesucht hatten – Neal in die des Dean Moriarty, ich in die einer Unperson –; wie ein teilnahmsloser, gefühlloser, nur mit sich selbst beschäftigter Autor, auf dessen Gartentor für alle Zeiten die Aufschrift »Komm mir nicht zu nah« gepinselt stand, uns beide am Ende zu etwas gemacht hatte, das wir nie hatten sein wollen.

Ich ging zu ihm, kniete mich hin und legte ihm die Hand auf den Arm.

Jetzt endlich kam das Geständnis. »Ich habe ihn umgebracht.« War es das erste Mal, dass er sich das selber eingestand? Nein, das bezweifelte ich – hier lag die Wurzel für die gesamte Tragödie dieser letzten Jahre. Hinter mir drehten sich leise die Tonbandspulen, als er zum zweiten Mal sagte: »Ich habe ihn umgebracht …«

»Es ist in Ordnung. Jetzt hast du es gesagt. Das ist gut so.« Und mit diesen Worten stand ich auf, ließ ihn ein paar Sekunden lang in der Rolle des reuigen Sünders zu meinen Füßen, dann ging ich hinüber zum Tisch und schaltete das Tonbandgerät aus. Nach alldem hatte er sich ein gewisses Maß an schlichter, menschlicher Zurückhaltung verdient.

Am nächsten Tag trafen wir uns erneut. Er hatte sich einigermaßen erholt und war bereit, mir das Ende von Neals Geschichte zu erzählen. Mittlerweile gingen wir stillschweigend davon aus, dass ich die Aufgabe übernehmen würde, seine Biographie zu schreiben, und in dieser Funktion setzte ich das Tonbandgerät wieder in Gang.

KEROUAC Als er aus dem Gefängnis kam, war er nicht mehr derselbe Mensch. Er machte all die üblichen Gelöbnisse, sich zu bessern. Aber er hatte kein Geld, und Carolyn hatte inzwischen die Scheidung eingereicht und war sowieso mit jemand anderem zusammen, einem Grundstücksmakler oder so was, also ging er wieder zu den Ecken am Times Square, wo er sich früher herumgetrieben hatte, genau wie zehn Jahre zuvor, wo sollte er denn sonst auch hin; aber von den alten Gesichtern war keines mehr da. Er ließ sich mit den neuen Leuten dort ein, alle viel jünger als er, alle hatten *Unterwegs* gelesen, und für sie war das ... war das ... Gott weiß, was das war ... etwas, was es nie gewesen war. Ein Haufen Kids, die nicht ganz da waren, die da herumhingen und nach etwas suchten, das ihnen Halt gab. Und dann fanden sie Neal. Diesen Kids kam das vor, als ob der Stein vom Grab gewälzt würde, und wer kommt da raus? Dean Moriarty. Verstehst du? Neal saß bei denen in der Falle, könnte man sagen, und von da an ging es nur noch bergab. Diese Blutsauger haben ihn betrunken gemacht, und das war immer das schnellste Mittel, wie man den Dean in ihm zum Vorschein brachte. Und damit er über die Runden kam, damit die Leute ihn liebten, spielte er seine Rolle, könnte man sagen. Sie mussten nur dafür sorgen, dass er betrunken und bekifft war, dann enttäuschte er sie nicht. Er konnte auf drei Ebenen gleichzeitig reden, und auf allen dreien sagte er etwas Vernünftiges. Da brummte einem der Schädel, wenn man nur einfach mit allem mithalten wollte, was er sagte. Er tanzte mit bloßen Füßen auf den Scherben von Weingläsern. Er jonglierte mit Hämmern, bis er sich beide Handgelenke brach. Er kletterte Feuerleitern hoch, ließ sich an einer Hand daran baumeln. Leute kamen zusammen, ein richtiger Kult war das, Jesus, der unten am Fluss seine irrsinnigen Großstadtwunder wirkt, sie johlten, wenn er von einer Leiter zur nächsten sprang, wenn er sein Leben riskierte für eine Runde Applaus. Sogar die Zeitungen kamen drauf, brachten Artikel über ihn, den Helden des Bestsellers, den Liebling der Jugend, das ganze Zeug. Eine Zeitlang hat Neal in einem Nachtclub im Suff irgendwelchen Blödsinn ins Mikrophon gelallt, Vorprogramm vor zwei Jazztrompetern, die keiner kannte, aber immer hat er den Dean Moriarty gespielt, für ein kleines bisschen Geld der Affe im Käfig. »Dean Moriarty live«, so haben sie ihn angepriesen. Kannst du dir das vorstellen? Ginsberg hat mir ein Foto von dem Plakat geschickt. »Dean Moriarty live. Mit Neal Cassady.« Heilige Scheiße. Danach … danach mussten sie ihn nach Hause tragen. Das war dann Neal Cassady live. Sie haben den armen Trottel besoffen und ganz allein in sein ungemachtes Bett gelegt. Einmal, ein einziges Mal, hat er noch versucht, Kontakt mit mir aufzunehmen, aber die Bullen hatten ihn zu sehr im Visier, die Burschen vom Drogendezernat ließen ihn nicht aus den Augen, die warteten nur auf den kleinsten Fehler, um ihn wieder einzubuchten, und ich konnte nicht riskieren, dass sie mir irgendwas mit Drogen anhängten, deshalb … deshalb bin ich ihm aus dem Weg gegangen. Ich gebe es zu. Ich ließ mich am Telefon verleugnen, habe seine Briefe nicht mehr beantwortet. Dreimal habe ich ihn verleugnet. Einmal habe ich mich sogar oben versteckt, als er und eine Horde von diesen verdammten Hippies, mit denen er sich herumtrieb, hier vor der Haustür standen. Er war achthundert Meilen gefahren, hatte diesen Einfaltspinseln erzählt, sie könnten den Verfasser von *Unterwegs* kennenlernen, rief vom Rasen vor dem Haus her meinen Namen. Aber Stella schickte sie fort. Und ich sah nur zu. Mémère drohte mit der Polizei. Ich stand da und sah alles mit an, sah zu, wie Neal den Wagen mit zwei Drähten unter dem Armaturenbrett anließ, also wohl gestohlen, und dann aufs Gas trat, drei Tage Rückfahrt, ungefähr zu acht waren sie in dem Wagen, Neal am Steuer wie immer, Musik dröhnte durch die Fenster; ein Mal blickte er hoch zu mir, nur ein Mal, dann schlug er die Tür zu und fuhr los.

HAVERTY   Am Ende war er sehr verzweifelt. Das steht alles in den Briefen, zwischen den Zeilen.

KEROUAC   Ich hatte einfach das Gefühl, dass ich nichts mehr für ihn tun konnte. Aber ich weiß nicht. Wahrscheinlich hätte es schon noch Möglichkeiten gegeben. Die gibt es immer. Man kann immer etwas tun, um jemanden, den man liebt, zu retten.

HAVERTY   Wie war das, als du die Todesnachricht bekommen hast? Weißt du das noch?

KEROUAC Ich war gerade aus dem Garten gekommen. Ein schöner Tag. Einer von denen, an denen
die Orangen reif werden. Der Rasen brauchte
Wasser. Stella war am Telefon und sprach mit Carolyn. »Neal«, sagte sie. »Neal.« Mehr brauchte
sie nicht zu sagen. Nur seinen Namen.

HAVERTY Die Geschichten, wie es angeblich passiert ist, war das die Wahrheit?

KEROUAC Mehr oder weniger, denke ich. Ginsberg hat mir seine Version berichtet. Klang überzeugend.

HAVERTY Würdest du sie mir erzählen?

Er saß da und sprach, in seinem zerschlissenen Sessel, drückte den braunen Teppich mit seinen Algen-
fransen in den Boden, umgeben von der grässlichen
Tapete, die nächste Flasche Bier noch ungeöffnet
neben sich, die Fotos von Eisenhower und Petey
auf dem Kaminsims, der Motorola-Fernseher dudelte Blödsinn, doch all das verschwand, als nun,
untermalt vom leisen Schaben des Tonbandgeräts,
vor meinem inneren Auge die Szene, die Jack für
mich malte, Gestalt annahm.

In gewissem Sinne war Neals Tod ein Selbstmord.
Er verweigerte sich einem Leben zu so armseligen
Bedingungen. Für Neal musste das Leben etwas

Spektakuläres sein, ein Boulevard der unbegrenzten Möglichkeiten. Aber dann musste er einsehen, dass am Ende alle Straßen ins Nichts führten, dass sie in einer Moräne aus Schutt und Gestrüpp endeten.

Es war so gewesen.

Aus einer Laune heraus war Neal nach Mexiko gefahren, nach San Miguel de Allende, und jetzt bereute er es. Hunderte von Meilen, nur um auf eine Party zu gehen; allmählich ging ihm auf, dass solche Fahrten Irrsinn waren. Er wurde älter. Neal als alter Mann! Unvorstellbar! Vor seinem Aufbruch hatte er Jack noch eine letzte Notiz geschickt (auch wenn er keine Antwort mehr erwartete): »*Wohin führt mein Weg, Jackieboy? Wohin bin ich unterwegs? Ich bin so verflucht müde, ich will nirgendwo mehr hin.*«

Natürlich war die Party die Fahrt nicht wert gewesen – das waren sie schon lange nicht mehr –, und er wäre lieber bei seiner geschiedenen Frau und den Kindern gewesen, wieder in Kalifornien, vielleicht bei der Arbeit an seinem ersten Roman, noch unvollendet, aber doch alles in genau dem Stil, dem Kerouac seine weltberühmte Stimme verdankte. Und so machte er sich in diesem aussichtslosen Versuch, noch ein letztes Mal den treuen Familienvater zu spielen, sofort auf den Rückweg. Zu Fuß. Das Getriebe seines Autos hatte den Geist aufgegeben. Zuerst würde er die zwanzig Meilen bis zum Bahnhof zurückgehen, wo er sein Gepäck gelassen hatte. Er würde seine Reisetaschen abholen und nach Hause fahren. Zu Carolyn. Zu seiner Familie. Zu seiner Schreibmaschine. Zu einer nicht gelebten Geschichte. Er würde das Buch zu Ende schreiben. Mais in seinem Garten ziehen. Den Hund füttern, bis er fett wird. Aber Neal kam nie so weit. Er schaffte es nicht: Diese letzte literarische Heldentat blieb ihm versagt.

Neal, der Heilige, der mittlerweile die halbe Bibel auswendig konnte, der die Namen sämtlicher Päpste aufsagen konnte, er starb, nachdem er alles von sich preisgegeben hatte. Ein Herzinfarkt. In der Wüste. Als er an den Gleisen einer Eisenbahnlinie entlangwanderte. Über ihm kreisten die Aasgeier. Am Ende sind alle Straßen die falschen. Der Stift trocknet ein, der Strich löst sich im Nichts auf. Ein erbärmlicher Herzanfall. Und es fühlt sich falsch an, dieses Ende. Aber es war das Ende, das ihm beschieden war, also musste er es akzeptieren.

Und auch das Band war zu Ende; ich schaltete das Gerät aus.

Ich ging in die Küche und machte Kaffee. Als ich zurückkam, stellte ich die Tasse auf die Armlehne, wo das Polster im Lauf der Jahre von so vielen Whiskygläsern dunkel geworden war.

»Komm mit mir nach San Francisco«, sagte ich plötzlich. Ja, ich wollte ihn retten, und wenn ich könnte, würde ich es tun. Er hob den Kopf. Blaue Augen musterten mich. »Komm mit mir. Lass uns gleich morgen aufbrechen.«

»Nach San Francisco?«

»Ich fahre. Ich warte nicht mehr, bis die Bullen das Auto freigeben. Wir machen uns einfach auf den Weg. Sollen sie uns verfolgen, wenn sie wollen.«

»Wovon redest du?«

Und auch wenn er sich um einen trostlosen Ausdruck bemühte, war da auf einmal ein Lebensfunke zu sehen.

»Ich will mit dir angeben. Lass uns durchs ganze Land fahren«, sagte ich, und der Plan nahm erst beim Sprechen Gestalt an. »Wir beide zusammen. Vater und Tochter. Du kannst die ganze Zeit reden. Wir können unterwegs in Motelzimmern mit der Arbeit an der Biographie beginnen. Und wir können deine alten Freunde besuchen. Wir können uns Zeit lassen. Was hältst du davon? Es würde mir sehr viel bedeuten. Wir kennen uns schließlich kaum. Ich will dir näherkommen. Dich besser verstehen.«

Nicht zu fassen, dass ich ihm ein solches Angebot machte, aber sein Schmerz war so groß, und meine Gefühle für ihn waren tiefer geworden. Die

Bindung war echt und beruhte, da war ich mir sicher, mittlerweile auf Gegenseitigkeit.

In dem Augenblick trat Stella ein. Sie wusste nicht, was gerade zwischen uns vorging (oder vielleicht doch!), und stellte eine neue Flasche Bier auf den Couchtisch. Als sie weg war, musste ich lachen, und schon bald lachte auch Jack. Es war wirklich zu komisch. Als wir uns langsam beruhigten, sagte er: »Na klar. Eine Fahrt nach San Francisco? Warum nicht? Kein schlechtes Ende.«

»Schlechtes Ende? Was willst du damit sagen?«

»Vergiss es. Ich muss noch ein paar Dinge regeln. Mach du schon mal alles fertig.«

»Ist das dein Ernst?«

»Ist es *deiner*?«

Am Klang seiner Stimme erkannte ich, dass es ihm ernst war, und als der Abend kam, war es beschlossene Sache. Ich fuhr los, um meinen Plymouth vollzutanken. Ich war dermaßen aufgeregt wegen der Reise – eine echte Vater-Tochter-Geschichte, die Aussicht auf lange Gespräche, darauf, dass Jack weitere Geheimnisse mit mir teilen würde, noch nie enthüllt, ein unerhörtes Privileg –, dass ich anfangs versehentlich Diesel tankte, bis der Tankwart es merkte. Ein bisschen Diesel sei nicht weiter schlimm, sagte er, aber vielleicht würde es eine Zeitlang qualmen. Ich glaube, ich antwortete, ein bisschen Qualm sei ganz in Ordnung, weil wir ohnehin nicht vorhätten zurückzublicken.

Der Morgen dämmerte, strahlend hell und blau, und die leichte Brise versprach einen schönen, kühlen Tag.

Ich sprang aus dem Bett, noch aufgeregter bei dem Gedanken, St. Petersburg zu verlassen, als seinerzeit bei der Aussicht, dort anzukommen, nun da Jack mich begleiten würde.

Um zehn hatte ich meine Taschen und das Tonbandgerät mitsamt den superwertvollen Aufzeichnungen in dem Plymouth verstaut. Jack stand gestiefelt und gespornt im Erdgeschoss und rief immer wieder: »Worauf wartest du noch?«, und: »Die Straße ruft.« Ich steckte kurz den Kopf durch die Tür, um mich von meiner bettlägerigen Großmutter zu verabschieden.

Die alte Frau weinte und tupfte sich die Augen mit einem Taschentuch. Ich fühlte mich schrecklich, aber als ich etwas sagen wollte, machte sie: »Pssst!« Ich folgte ihrem Blick. Ihre Augen waren nicht auf mich gerichtet, sondern auf den Fernseher, die Lautstärke heruntergedreht: Sie folgte gebannt einer Fernsehserie und dem Leben der erfundenen Gestalten darin.

Und dann hörte ich draußen vor dem Haus zwei

Türen schlagen. Ich ging ans Fenster. Unten war ein Auto vorgefahren. Auf der Fahrerseite stand Petey. Auf der anderen Jonathon.

»Hallo, Jan.«

Ich brachte kein Wort heraus. Er war der letzte Mensch auf der Welt, mit dem ich hier gerechnet hätte.

Petey sprach als Erster: »Hallo allerseits, das ist Jonathon. Jonathon Meyer. Er ist Professor für … wofür sind Sie doch gleich Professor?«

»Zeitgenössische amerikanische Literatur – von 1945 bis heute.« Jonathons Augen huschten zu mir herüber, und ich fragte mich: War es ein entschuldigender Blick? Mein Held. Mein Mentor. Mein Widerpart. Meine Zukunft. Mein Liebhaber. Meine Krise. Welche Bezeichnung beschrieb am besten meine Gefühle für diesen Mann, der so sehr wie ein Reisender auf einem Flughafen aussah, die Sonnenbrille hoch in die Stirn geschoben, das rote Plastikmäppchen für die Flugtickets lugte aus der Tasche seines Jacketts, ramponierter Aktenkoffer in der Hand, die Augen gerötet von dem unerwarteten Flug südostwärts, das sandfarbene Haar, die grünen Augen, die so weise blickten, aber ein bisschen älter und düsterer, als ich ihn in Erinnerung hatte. In meiner Erinnerung scheinen Menschen, die mir etwas bedeuten, immer etwas jünger, als sie tatsächlich sind.

Er wandte sich wieder Jack zu. Was für eine Begegnung: Der Kritiker trifft leibhaftig auf das große Genie der modernen Literatur. »Mr. Kerouac. Es ist mir eine Ehre. Ich – nun ja, ich, also ich muss ja wohl nicht eigens betonen, dass ich – schon seit Jahren –«

»Jonathon«, fragte ich mit zittriger Stimme. »Was machst du hier?«

Kerouac war verständlicherweise ebenfalls verwirrt. »Ihr kennt euch alle?« Er blickte von Petey zu Jonathon und dann zu mir.

Petey antwortete als Erster: »Na ja, persönlich getroffen habe ich ihn gerade zum ersten Mal.«

»Ja«, bestätigte Jonathon. »Wir haben uns eben erst persönlich kennengelernt. Also, Petey hat mich vom Flughafen hergefahren. Ich komme direkt aus San Francisco. Ich bin erst vor einer Stunde gelandet. Und dann sofort hierhergekommen.«

Das half Jack nicht viel weiter. »Betreibst du jetzt ein Flughafentaxi, Petey?«

»Heute nicht, nein. Heute nicht.«

Jonathon wandte sich wieder an Jack. »Sir, es ist mir peinlich, dass wir uns unter solchen Umständen kennenlernen müssen. Ich bewundere Sie schon seit ... nun, schon seit geraumer Zeit.«

Jack wirkte nicht allzu beeindruckt. »Warum sagen Sie mir nicht einfach, wer Sie sind und was Sie wollen?«

Petey mischte sich ein. »Er kommt von der Universität Berkeley, Onkel Jack. Wie findest du das? Da wo *sie* angeblich herkommt.«

Jacks Blick wanderte zurück zu mir, und ich fand endlich meine Stimme wieder. »Ich habe dir von ihm erzählt. Erinnerst du dich?«

Jack musterte Jonathon von Kopf bis Fuß. »Der da? *Das* ist der Bursche? Der Thoreau-Jünger? Der Kerl, der … der in dich verknallt ist?«

Ich errötete. Und auch Jonathon sah verdattert aus. Dieses Detail war eigentlich nicht für die Öffentlichkeit bestimmt. Ich sah, wie er schwerer atmete. Er machte einen Schritt auf Jack zu. »Sir, ich muss mit Ihnen reden.«

»Ja«, sagte Petey. »Lasst uns zum Thema kommen. Höchste Zeit, wenn's nach mir geht.« Petey ballte die ganze Zeit die Fäuste, und seine Arme sahen aus, als wollte er hier und jetzt eine 120-Pfund-Hantel stemmen.

Jack drehte sich zu ihm um, er wirkte verwirrt. »Was denn für ein Thema? Was zum Teufel ist hier eigentlich los?«

»Oh, wir haben heute viele Themen zu besprechen, Onkel Jack. Nicht wahr, Jonathon? Jonathon hat nämlich eine weite Reise gemacht, um heute mit euch zu plaudern. Es gibt viel zu besprechen.« Petey drehte sich um und starrte mich hämisch triumphierend an.

Jack sagte: »Aha. Sagen Sie nichts. Ich verstehe.« Er schnippte mit dem Finger, dann zeigte er auf Jonathon. »Noch ein Biograph, oder? Noch ein gottverdammter Biograph. Hätte ich mir denken können.«

Aber bei dieser Bemerkung zeigte sich nicht der Anflug eines Lächelns auf Jonathons Miene. »Allerdings. Genau so ist es.«

»Meine Güte«, sagte Jack als Nächstes, »ihr Arschlöcher steht aber wirklich Schlange, wenn ihr einen Leichenzug wittert.« Jack sah dabei sogar mich an und schüttelte den Kopf. »Tja, ihr seid zu früh für die Leiche und zu spät für den Exklusivvertrag. Der ist bereits unterzeichnet.«

Ich versuchte bei dieser Auszeichnung zu lächeln, aber es gelang mir nicht.

Jonathon sah Jack an. »Sir, mir ist bewusst, dass dies nicht so förmlich ist, wie ich ... Verstehen Sie, ich hatte nicht vor, mich in dieser Form an Sie zu wenden, aber –«

Petey mischte sich erneut ein. »Onkel Jack, du musst dir anhören, was dieser Mann zu sagen hat.«

Aber Kerouac hatte schon genug gehört. »Halt die Klappe, Petey. Was ist eigentlich los mit dir? Hast du da drüben in Vietnam den Verstand verloren, oder was?«

»*Ich*? *Ich* habe den Verstand verloren? Ha! Dass ich nicht lache.« Er warf mir einen Blick zu. »Warte nur ab, bis du gehört hast, was Professor Meyer hier zu sagen hat –«

Jetzt war mir klar, was Petey vorhatte, aber der Einzige, der *nicht* bereit war, sich anzuhören, was Jonathon zu sagen hatte, war Jack. »Nein. Hier wartet keiner mehr. Ist das klar? Und jetzt raus mit euch, und zwar alle beide! Raus!«

Stella machte einen verzweifelten Vorstoß. »Jack! Alle vier! Schluss jetzt! Ich will hier im Haus keine Streitereien haben! Wenn ihr euch nicht vertragen könnt, dann geht nach draußen!«

Kerouac ging zu seiner Ehefrau hin, legte ihr tröstend die Hand auf die Schulter und steuerte sie zur Tür in Richtung Flur. »Alles in Ordnung, Stella. Geh nach oben, kümmere dich um Ma. Die hat vorhin geläutet, ich glaube, sie braucht deine Hilfe. Sei so lieb.«

Er schloss die Tür hinter ihr und wandte sich wieder uns zu, und jetzt war er wütend. »So, ihr beide kommt gerade noch rechtzeitig, um uns zum Abschied zu winken. Gespräch beendet. Wir fahren jetzt. Stimmt's, Jan? Wir sind auf dem Weg nach Frisco. Das Auto ist so gut wie gepackt, Zeit, sich zu verabschieden.« Und speziell an Jonathon gewandt: »Tut mir leid, dass Sie vergebens gekommen sind.«

Jonathon wurde bleich. »Bitte. Sie sollten mir wirklich zuhören. Jan hier – sie hat ja offenbar sehr überzeugend gewirkt.«

»Wir können leider keinen weiteren Biographen unterbringen. Ein Biograph pro Fahrzeug, das ist Gesetz im Staate Florida. Am besten, ihr zwei macht euch jetzt gleich wieder auf den Rückweg zum Flugplatz.«

»Sir, wollen Sie mich bitte –« Jetzt war Jonathon tiefrot im Gesicht, verzweifelt versuchte er, sich Gehör zu verschaffen.

»Wenn ihr noch etwas tun wollt, bevor ihr abfahrt, könnt ihr uns draußen beim Einpacken helfen.«

Petey verstellte seinem Onkel den Weg. »Nein, nein, nein, Onkel Jack. Du begreifst das immer noch nicht. Niemand fährt heute irgendwohin, jedenfalls nicht, bevor du dir angehört hast, was der Mann hier zu sagen hat.«

Jack wurde zornig. »Ach ja? Und du glaubst, ich bleibe hier stehen, bleibe hier einfach nur stehen und lasse mir Vorschriften von einem Kerl machen, der nicht mal nachts seinen Hund anbinden kann?«

Petey ließ seine Wut nun an Jonathon aus. »Hören Sie, wenn Sie es ihm nicht sagen, dann mache ich es.« Er drehte sich um und sah seinen Onkel an. »Onkel Jack – ich habe diesen Burschen heute auf meine Kosten einfliegen lassen, damit er dir etwas sagen kann, weil ich nämlich von Anfang an das Gefühl hatte, dass hier was faul ist, dass hier sogar was oberfaul ist, und deshalb finde ich, du solltest dein Gepäck erst mal wieder abstellen, Onkel Jack, es hier und jetzt abstellen und dich setzen und dir einfach nur anhören, was ich über mein nettes kleines Cousinchen hier herausgefunden habe. Und ich glaube, dann verstehst du, warum heute niemand irgendwohin fährt, mit Sicherheit nicht.«

Ich sah Jonathon an, der mit rotem Gesicht abwechselnd Jack und dessen Neffen anstarrte. Seine Miene überraschte mich – und ich konnte sehen, dass er im Begriff war, mich zu verraten. Mich ohne Skrupel zu verraten, und dass das der Grund war, weshalb er quer durchs ganze Land gereist war.

Ich blickte zurück zu Jack – und mir wurde klar, dass ich als Erste etwas sagen musste. Aber Jonathon trat einen Schritt auf mich zu und hinderte mich daran. »Lass Petey reden. Lass ihn reden.« Er legte mir freundlich, aber bestimmt die Hand auf die Schulter.

Aber Jack sah nicht so aus, als habe er vor, sich

etwas anzuhören. »Jan, lass den Wagen an. Nehmen Sie die Hände weg von ihr. Und Petey – noch ein Wort von dir, dann trete ich dir dermaßen in den Arsch, dass du bis nach Saigon fliegst, das schwör ich dir. Das schwör ich bei Gott!«

»Onkel Jack«, erwiderte Petey mit eiserner Ruhe, »*ich* war es, der diesen Herrn gebeten hat, heute hierherzufliegen. Das war ich, verstehst du?«

»Petey, verdammt … !«

»Ich hatte ein komisches Gefühl bei dieser Frau, verstehst du. Ich habe sofort gemerkt, dass da verdammt noch mal was faul war, aber auf mich wollte ja keiner hören. Die ganze Sache kam mir von Anfang an nicht koscher vor, keine Ahnung, warum, vielleicht einfach, weil sie abgewartet hat, bis sie achtzehn war, bevor sie die Hand gehoben und ›Hallo Dad‹ gerufen hat. Wie auch immer, *verdammt noch mal,* denke ich mir, verdammt noch mal, da stimmt was nicht, und dann wird sie auch noch von den Bullen angehalten und hat keine Papiere, und das bringt mich erst recht ins Grübeln. Scheiß auf dieses ganze Berkeley-Gerede, jetzt fühle ich ihr selber auf den Zahn. Und genau das mache ich dann auch. Also, ich rufe bei ihrer Uni an, um etwas mehr über mein nettes kleines Cousinchen hier rauszukriegen, und was erfahre ich da? Hör mir jetzt einfach zu, Onkel Jack. Es ist unglaublich. Sie stellen mich durch zu Jonathon hier.« Er drehte sich zu Jonathon um. »Erzählen Sie's ihm. Na los. Sagen Sie's ihm.«

»Mr. Kerouac«, fuhr Jonathon fort, »also Jan … na ja, sie ist Studentin bei mir. Seit zwölf Monaten. Und bis vor kurzem und nur, weil sie so begabt war, hat sie für mich als Forschungsassistentin gearbeitet. Ich habe nämlich schon seit langem die Absicht, die erste offizielle Biographie über Sie zu schreiben, Sir. Ich bewundere Sie sehr. Und ich habe ihr Zugang zu meinen Unterlagen gewährt und sie in meine Pläne für diese Biographie eingeweiht.«

Jacks Blick ruhte nun ganz auf mir. Mein Herz klopfte bis zum Halse. Aber was konnte ich sagen?

»Anfangs hat sie sehr gute Arbeit geleistet, aber im Laufe der Zeit wurde ihr Verhalten immer merkwürdiger, sie entwickelte sogar eine Art romantischer Fixierung auf mich – zum Beweis habe ich ihre Briefe mitgebracht, falls Sie sich selbst überzeugen wollen – , und als ich ihre Gefühle nicht erwiderte, verschwand sie plötzlich, teilte mir per Telefon mit, dass sie mein Biographie-Projekt sozusagen gekapert und sich auf die Suche nach Ihnen gemacht hatte. Ihr einziger Anhaltspunkt war eine Vermutung, die ich ihr gegenüber geäußert hatte: dass Sie wieder bei Ihrer Mutter wohnen könnten. Ich hatte mir vorgestellt, dass Sie vielleicht wieder in Ihrer alten Heimatstadt Lowell waren, und aus Angst davor, was womöglich geschah, wenn Jan Sie tatsächlich aufspürte, und wie viel Schaden sie anrichten könnte, versuchte ich, Sie zu finden, allerdings ohne Erfolg. Dann entdeckte ich, dass Jan sich mit meinen sämtlichen Unterlagen über Sie aus dem Staub gemacht hatte.«

Petey stimmte in diesen Vorwurf ein, rief triumphierend: »Sie hat seine Unterlagen gestohlen, Onkel Jack!«

Jack hob die Hand. »Also, ich denke, ich habe jetzt genug von euch allen gehört. Das reicht.« Aber es war ein müder Protest, über den man sich leicht hinwegsetzen konnte.

Petey war viel zu aufgeregt, um aufzuhören, und er war noch längst nicht am Ende: »Und sie hat das Foto gestohlen. Das Foto von deiner zweiten Frau im Krankenhaus, mit dem sie die ganze Zeit hausieren geht, das von Joan Haverty. Es gehörte zu Jonathons Unterlagen. Da hat sie es her.« Und dann, an Jonathon gewandt: »Sagen Sie es ihm. Erzählen Sie ihm von dem Foto.«

»Das habe ich aufgenommen, Sir. Das Foto habe ich selbst aufgenommen. Joan Haverty lag damals im Krankenhaus. Ich habe sie im Zuge meiner Recherchen interviewt. Sie war bei einem schweren Verkehrsunfall nur knapp mit dem Leben davongekommen. Ich stattete ihr einen Besuch ab, und sie erlaubte mir, sie zu fotografieren. Sie hat mir viel geholfen. Man kann durchaus sagen, dass Ihre zweite Frau eine Art Freundin für mich ist.«

»*Ist?*«, fragte Kerouac verwirrt. »Joan lebt?«

»Aber ja. Wir telefonieren regelmäßig. Sie war ausgesprochen hilfsbereit. Sie lebt mit ihrem dritten Ehemann in Detroit.«

Jack drehte sich um und sah mich an. »Wer bist du? Sag es mir. Sag mir auf der Stelle, wer du bist!«

Bevor ich den Mund aufmachen konnte, fuhr Petey dazwischen. »Und sie hat eine Tochter. Janet. Sie heißt Janet Haverty. Aber das hier ist *nicht* Janet Haverty, das ist so sicher wie das Amen in der Kirche.«

Dann wieder Jonathon: »Ja, Joan und Janet haben keinen Kontakt. Janet ist von zu Hause weggelaufen. Aber ich habe ein Foto von ihr gesehen, und ich kann Ihnen versichern, Mr. Kerouac, Jan Weintraub hier … die junge Frau, die vor Ihnen steht … ist nicht Joans Tochter.«

Ich saß in der Klemme. Ganz offensichtlich saß ich in der Klemme. Und nicht nur wegen der Leute hier, sondern vor allem wegen mir selbst.

»Ist das wahr?«, fragte Jack mich, bleich geworden.

Ich konnte nichts antworten. Entschuldigungen

hätten die Sache nur noch schlimmer gemacht. Wörter kamen mir in den Sinn, aber es waren nicht die richtigen. Die richtigen Wörter existierten nicht.

Also nutzte Jonathon die Pause. »Und dann hat sich Petey mit mir in Verbindung gesetzt und mir erzählt ... Nun, Sie können sich vorstellen, wie entsetzt ich war, als ich erfuhr, was Jan hier gesagt und getan hat. Zutiefst bestürzt. Ich fühle mich mitverantwortlich. Schließlich habe ich ihr die Mittel verschafft, um dieses Spiel zu spielen, und wie ich zu meinem Bedauern feststellen muss, hat sie es nur zu gut gespielt.«

Jonathon hatte mich getötet. Janet Weintraub Haverty Kerouac lag am Boden.

Meine Erinnerungen an das, was nun folgte, kann ich jetzt nur knapp umreißen, weil ich in diesem Augenblick praktisch das Bewusstsein verlor. Wie eine Reiseführerin in einer fremden Stadt werde ich nur einige signifikante Punkte herausgreifen, die ein Bild von der Stadt insgesamt vermitteln sollen.

Irgendwann starrte Jack mich mit seinen eisblauen Augen an und fragte: »Und wer ist sie dann?«

Was für eine Frage! Ha! Wer bin ich? Ich weiß noch, dass ich das gedacht habe. Fast so etwas wie die existentielle Frage dieser Zeit. *Wer bin ich, wer bin ich*. Und was antwortet man? Jeder Mensch ist ein Abgrund. Wenn man in ihn hinabblickt, wird einem schwindlig.

Aber Jonathon kannte solche Skrupel nicht. »Ich glaube, ihr wahrer Name ist Zehnder, Sir. Andrea Zehnder. Die Polizei geht davon aus, dass das ihr richtiger Name ist.«

Zehnder? Wie entsetzlich das in meinen Ohren klang, dieser Name. Wie furchtbar. Wie abstoßend, reizlos und hässlich. Sicher hatte er nichts mit mir zu tun.

Stolz plapperte Petey ihm nach: »Andrea Zehnder.«

Dann wieder Jonathon: »Als ich der Polizei von ihr berichtete, kamen sie auf eine Verbindung zu einem gestohlenen Fahrzeug. Daraufhin hat die Polizei sich Zutritt zu ihrer Wohnung verschafft. Es fanden sich Papiere dort, ein alter Führerschein, darauf dieser Name. Es ist durchaus schlüssig, und die Polizei geht davon aus …«

An diesem Punkt entfernte sich Jonathons Stimme von mir, wurde brüchig, und all die hübschen Puzzlesteinchen meiner Tage hier fingen an zu springen und auseinanderzustieben, bis sie nicht mehr zu halten waren; sie fügten sich immer noch zu einem Bild, aber es zeigte nur Chaos und Durcheinander. Mit trockenen Lippen und flachem Atem habe ich vielleicht noch den einen einzigen Satz gesagt: »Es tut mir leid.« Aber ich glaube, auch der ging verloren, gänzlich verloren, genau wie alles andere, das an diesem Tag verlorenging.

Teil 3

Hier ist eine Geschichte.

Andrea X (geborene Niemand, Eltern unbekannt) kommt in Buckley, Washington, zur Welt, irgendwann im Frühjahr 1950. Wahr oder falsch?

Sie erfährt nie, wer ihre leiblichen Eltern sind. Sie ist ein Findelkind. Dieses ungelöste Rätsel stellt die Weichen für ihr ganzes Leben. Wahr oder falsch?

Die ersten Lebensjahre verbringt sie in Waisenhäusern. Sie ist ein kränkliches Kind, wie ein Fisch am ganzen Körper mit Schuppenflechte überzogen, die Augenlider entzündet von Ekzemen, die Fingernägel zu ihrem eigenen Schutz mit Pflastern überklebt. Wahr? (Sie haben genug gehört? – ich wette, die Schuppenflechte war zu viel für Sie.)

Aber lassen Sie mich weitermachen. Mal sehen, ob ich Sie zurückgewinnen kann.

Mit sechs Jahren wird Andrea X adoptiert und heißt von nun an Andrea Zehnder. Die Zehnders sind Lügner, Betrüger. Andrea verzeiht ihnen nie, dass sie sie gestohlen haben, dass sie sie einsperren und ihren wahren Eltern vorenthalten; Vater und Mutter sind zweifellos Berühmtheiten, bedeutende Persönlichkeiten, die sie nach wie vor lieben und immer noch nach ihr suchen. Andrea stellt sich vor, dass die Zehnders sie entführt haben. Dieser kindlichen Überzeugung ist mit dem Verstand nicht beizukommen. Sie ist unglücklich und sehnt sich nach ihren leiblichen Eltern, nach der Rückkehr in ihr »wahres Leben«. Wenn sie sich doch nur an den Verlauf ihrer Entführung erinnern könnte, wenn sie noch wüsste, wie viele Stunden sie mit einem Zuckersack über dem Kopf zubringen musste, während sie mit Flugzeug und Auto transportiert wurde, wie lange sie in einer Zelle eingesperrt war. Als Kind studiert sie Atlanten und ist sicher, dass irgendwo auf diesen Seiten ihr rechtmäßiges Zuhause ist. Sie versucht, die Erinnerungen zu errechnen, ihre wahre Herkunft mit einem Kreuz zu markieren. Aber sie bekommt die entscheidenden Erinnerungen nie zu fassen. Abgeschnitten von ihren Wurzeln, orientierungslos, nennt sie sich insgeheim nun wieder Andrea Niemand – die größtmögliche Annäherung an ihren wahren Namen.

Die Jahre vergehen. Sie wächst heran, lernt, ahmt nach, benimmt sich, passt sich an, spielt Rollen, immer wieder neue Rollen, bis sie schließlich eine facettenreiche Vorstellung zustande bringt, die man gemeinhin als gefestigte Persönlichkeit bezeichnet – ein wildes Sammelsurium von Verhaltensweisen, die als typisch für ihr Ich gelten, als Andrea Zehnder.

Aber sie lässt sich nicht täuschen. Die Suche geht weiter.

So fängt es an.

Und so endet es.

An diesem Nachmittag verabschiedete ich mich von St. Petersburg. Ich sagte ein letztes Mal Lebewohl zu dem unbedeutenden Haus, das diesen bedeutenden Einsiedler beherbergte.

Zu meinen letzten Erinnerungsschnipseln gehört Stella, wie sie dasitzt, die Handflächen an ihr Gesicht gepresst: Sie bringt es nicht fertig, mich anzusehen, sie traut mir alles zu. Nach Jack hatte ich sie am zweitmeisten enttäuscht.

Auch Jonathon werde ich nie vergessen. Nachdem er mich ganz und gar vernichtet hatte, saß er auf der Couch und sah sich im Zimmer um, registrierte jede Einzelheit schon mit dem abschätzenden Blick des Biographen.

Und dann Peteys Blick tiefster Genugtuung; er stand in der Tür, als ich vorbeiging, die Unterarme verschränkt wie der Soldat, der er nun einmal war. »Miese kleine Betrügerin«, fauchte er. Ich konnte es nicht leugnen. Mein trockener Mund brachte kein Wort heraus.

Und zuletzt der arme Jack. Ich hoffte, er begriff, dass nur der Vorwand für unsere Beziehung gefälscht war. Was sind Familien denn anderes als Vorwände für die Liebe? Aber das war ein müßiger Tagtraum. Ich sah es Jacks Augen an, wie verletzt er war, und es war offensichtlich, dass der Mord an dieser Tochter (ob falsch oder nicht), in die er zuletzt doch eine Menge echter Gefühle investiert hatte, ein Tod war, der nicht ohne Schmerzen für ihn abging.

Ich hätte gern geglaubt, dass wir gleichberechtigte Partner in einem gemeinsamen Spiel gewesen waren, doch was für mich von alldem am schwersten zu akzeptieren war, das war, dass ich mich in dem Punkt geirrt hatte und dass es für Jack nie ein Spiel gewesen war – und es stand auch nichts von Komplizenschaft in seinem Gesicht geschrieben. Er schien einfach am Boden zerstört, vor den Kopf geschlagen, dass man ihn so getäuscht hatte. Ich sah keinen Komplizen dort im Sessel zusammengesackt, sondern ein Opfer. Offenbar war die Vorstellung, dass er an diesem Identitätsfindungsprojekt von mir mitgearbeitet hatte, die reine Einbildung.

Ich wehrte mich nicht gegen meine Festnahme. Erschöpft von meinem Spiel, ohne einen Funken

Mitleid bei den anderen, ließ ich mich wortlos von zwei uniformierten Männern zur Tür führen. Ein letzter Gedanke, der mir von dem Tag im Gedächtnis geblieben ist, war noch eine Parallele zwischen Neal Cassadys Schicksal und dem meinen – Polizisten, die mich abführten, die mich aufforderten, meinen Namen zu nennen, die mich mit Gewalt dem Schoß der Familie entrissen. Das harte Klicken der Handschellen, das kalte Gefühl des Metalls auf meiner Haut – ich war wie gelähmt, als man mich, gefährliche Person, die ich war, aus dem Haus führte. Ja, in einem akademischen Sinne waren mir die Parallelen zwischen Neal und mir stets bewusst gewesen, doch jetzt trafen sie mich mit einer solchen Wucht, dass ich mich kaum noch auf den Beinen halten konnte. Genau wie Neal war ich nun in Polizeigewahrsam, und genau wie er des unverzeihlichen Fehlers wegen, dass wir es zugelassen hatten, jemand zu werden, der wir nie hatten sein sollen.

Ein Beamter begleitete mich mit der Höflichkeit eines Portiers zum Rücksitz seines Streifenwagens und schloss mich darin ein. Weitaus größeres Elend wartete nun auf mich. Gewaltige Strafen. Doch zuerst kam diese kurze, traumartige Periode des Wartens auf dem Rücksitz des Streifenwagens, bis der zweite Polizist hinzukam. Aus dem Funkgerät knisternde Stimmen. Andere Notfälle wurden gemeldet, andere verlorene Seelen waren genau wie die meine gefangen und völlig am Ende.

Ich blickte hinüber zu dem Haus, wo ich für eine ganze Reihe von Tagen so getan hatte, als hätte ich ein Recht, dort zu sein, aber zusehends verwandelte es sich in einfach nur ein weiteres unter den vielen Holzhäusern in Florida, in denen ich nicht willkommen war.

Als der zweite Beamte eingestiegen war, fuhren wir ins Stadtzentrum. Der Wagen glitt über die glatten Straßen, und ich sah sein Spiegelbild in den Schaufenstern, sah mich selbst darin, ein bleiches Oval, das kurz aufblitzte – erschien, verschwand, erschien, verschwand, erschien und wieder verschwand.

Auch so endet es.

»Hallo Jonathon.«

Fünf Monate später. Ich sitze auf einem Blechstuhl. Ich gelte jetzt als klinischer Fall. (Es heißt, ich sei vollkommen wiederhergestellt.) Jonathon sitzt mir gegenüber, an einem Resopaltisch in der Mitte des Besucherzimmers. Die letzten Monate sind ein einziger Strom aus regelmäßigen Mahlzeiten, sportlichen Übungen, therapeutischen Sitzungen und regelmäßigem Schlaf gewesen. Aber ich habe alles mit mir machen lassen. Es war in meinem eigenen Interesse. Ich hatte auf die Anwälte gehört und mich auf einen psychischen Zusammenbruch berufen, um der Anklage wegen Autodiebstahls zu entgehen. Allzu belastbar war ich ja nicht gewesen und hatte zugestimmt.

Er sah aus wie immer. Der Dressman aus dem Hörsaal, breite Schultern unter dem kackbraunen Cordjackett, darunter Hemd und Krawatte mit sich gegenseitig konkurrierenden Streifen.

Er war mit dem Flugzeug gekommen. Ich stellte ihn mir vor, in zehntausend Metern Höhe, die Augen gerötet auf diesem Pan-Am-Flug, auf dem es nie Morgen wurde, wie er durch das Bullaugenfenster auf die Kleinstädte Amerikas herabgesehen hatte, winzig von seinem privilegierten Ausguck aus, sich überlegen gefühlt hatte wie immer, der große Rationalist, der die Mechanismen des menschlichen Lebens aus solcher Distanz betrachten und alles erkären konnte. Genau so schaute er jetzt auf mich herab. Er roch nach Shampoo.

»Was hast du eigentlich geglaubt, was du da tust?«, fragte er mich.

»Geglaubt? Ich glaubte an das Höhere.«

»Bitte –«

»Ich muss dich ja nicht überzeugen. Aber ich dachte wirklich, er hätte bestimmt nichts dagegen.

Ich malte mir sogar aus, dass er begeistert sein würde. Das hört sich nach Irrsinn an, ich weiß, aber du hättest dabei sein sollen, als er von Genet und Meister Eckhart predigte. *›Nichts könnte mir unähnlicher sein als ich selbst‹*, solche Sachen, damit hat er mich in Fahrt gebracht; dass man das Ich töten muss, diese ganzen Geschichten wie *›Der Weg voran führt über die Trittsteine unserer toten Ichs‹*. Das hat mich mitgerissen. Das traf genau auf einen Schwachpunkt in meiner eigenen Natur. Es fühlte sich alles so echt an. Ich will darüber schreiben – die ganze Erfahrung; die Ärzte hier sagen, das ist gut für mich, ein faszinierendes Projekt, und ich schreibe es als reales Erlebnis, stelle es so dar, dass ich tatsächlich diese andere Person *war,* denn das bringt zum Ausdruck, wie vollkommen echt es sich für mich anfühlte.«

Jonathon war nicht gekommen, um meine Verteidigung zu hören – er hatte anderes im Sinn. Aber zuerst wollte ich zumindest ein Geständnis aus ihm herausbekommen. »Trotz allem – hast du denn nie überlegt, wie das wäre, jemand anderes zu sein, Jonathon?«

Allein die Vorstellung entsetzte ihn. »Nein. Ganz und gar nicht. Und ganz bestimmt nicht in solchem Maße. Nein, niemals.«

»Irgendwie habe ich mir das gedacht.« Ein vernünftiger Mann. Selbstsicher im Auftreten. Unveränderlich. Ein Jemand, der mit dieser Rolle zufrieden ist. Einer, der nur eine einzige Maske braucht, mit der er der Menschheit gegenübertritt, ganz anders als ich, die immer wieder Gesichter für die Gesichter der Menschen, die mir begegneten, ersann. »Was willst du, Jonathon?«

Er verschränkte die Hände. »Dann komme ich gleich zur Sache. Ich wüsste gerne, was du mit den Bändern gemacht hast. Den Aufnahmen. Von deinen Gesprächen mit Kerouac. Einmal hast du am Telefon gesagt, er hätte dir seine Lebensgeschichte erzählt, und du hättest alles mitgeschnitten. Wenn ja, dann ist das ein Schatz.«

Ja, ich hätte mir denken können, was so einen Mann dazu veranlassen würde, eine geschlossene Abteilung zu betreten. »Die Bänder sind in Sicherheit.«

»Tatsächlich?«

»Ich kenne ihren Wert genauso gut wie du, Jonathon. Ich habe sie alle an einem sicheren Ort unter Verschluss. Es war das Erste, was ich dem Pflichtverteidiger, der mir zugeteilt wurde, aufgetragen habe, nachdem ich mein Einverständnis für die Psychiatrie gegeben hatte. Ich hatte seinen grässlichen Rat angenommen, das sei die beste Art, die juristischen Konsequenzen für mich so klein wie möglich zu halten.«

Er machte einen erhitzten Eindruck; die Nachricht hatte ihm das Blut ins Gesicht getrieben, ja, er wirkte aufgeregt. »Gut, dann ... du hast das vielleicht noch nicht gehört, aber Jack ... ich weiß es von Stella ... es ist grässlich ... vielleicht weißt du es auch schon. Er hat die Briefe verbrannt. Jack hat seine gesamte Korrespondenz verbrannt.«

Das verschlug mir die Sprache.

»Alles in Flammen aufgegangen. Das ganze Archiv. Jedenfalls erzählt Stella es so, und Jack sagt nichts. Man bekommt nur über sie Zugang zu ihm.«

»Das hast du dir ausgedacht. Er würde niemals – «

»Verbrannt. Alles. Stella sagt, er hat die Schubladen des Aktenschrankes im Garten ausgeleert, am Tag, an dem du das Haus verlassen hast.«

»Noch am selben Tag?«

»In den Garten gegangen. Benzin drüber. Weg.«

»Glaubst du das?«

Wenn ich plötzlich bleich geworden war, dann lag das nicht so sehr am Verlust der Briefe – wenn man denn Stellas Aussage trauen wollte –, sondern an der Vorstellung, dass mein Weggang womöglich der Anlass zu so einer Tat gewesen war.

»Jedenfalls«, schloss Jonathon, »sind deine Bänder vielleicht das wertvollste Zeugnis, das wir je haben werden. Die Bänder sind also in Sicherheit? Das versprichst du mir?«

Als ich mir diesen keimfreien Akademiker, der nach Apfelshampoo roch, ansah, die Hände flach auf den Tisch gelegt wie ein Teilnehmer an einer Séance (vielleicht kam es ihm ja vor, als spreche er gerade mit den Toten), ging mir auf, dass er nicht um so vieles anders war als ich, nicht so, wie er es sich gewünscht hätte – auch er war ein Götzenanbeter, der die Beziehung zu einem berühmten Mann erzwingen wollte, wenn auch nicht mit ganz so extremen Mitteln wie ich. »Danke für deinen Besuch, Jonathon.«

»Du willst sie mir also nicht geben?«

»Geben? Dir? Nein. Ich glaube nicht.«

»Na, das wundert mich nicht. Ich dachte mir schon, dass es so kommt.« Er schob seinen Stuhl zurück; jetzt zeigte sich sein Ärger, mit der aufgesetzten Höflichkeit war es vorbei. »Ich habe mir schon gedacht, dass ich mir den Flug hätte sparen können. Ich kann dich nicht zwingen, mir die Bänder zu überlassen, auch wenn ich zugebe, dass ich es mir wünschte. Ich werde mich über die Rechtslage informieren. Aber tu bitte eines für mich. Nein, nicht einmal für mich. Für die *Nachwelt*. Im Grunde bin ich nur hier, um dir das zu sagen: Du musst auf sie aufpassen. Lass Kopien davon anfertigen. Vertraue sie einer großen Bibliothek an. Willst du mir das versprechen? Um diese Bänder geht es. Nicht um dich oder mich. Wir sind nur die Hüter dieser Dinge. Hier geht es um Literaturgeschichte. Wenn es Jacks mündliches Zeugnis nicht mehr gibt, ist all das verloren. Seine Stimme, seine Stimme geht verloren.«

Ich sah, dass er bereit war, alle Hoffnung aufzugeben, er selbst werde diese Bänder je hören. Kaum angekommen, stand er schon wieder auf und knöpfte von unten nach oben mit nur einer geschickten Hand seine Jacke zu.

Aber ich hatte noch eine letzte Frage. »Und hat dir Jack je die Erlaubnis gegeben, seine Biographie zu schreiben? Nachdem ich weg war? Hast du ihn gefragt?«

Er lächelte. »Wohl kaum. Er mochte mich ja nicht gerade. Genauer gesagt, konnte er mich nicht ausstehen. Wir kamen überhaupt nicht miteinander aus. Meine Aussichten auf die autorisierte Biographie hast du mir also auch verdorben. Er hat mir verboten, mich je wieder bei ihm blicken zu lassen, und er hat mir eingeschärft, ich dürfe die Sache mit dir niemals erwähnen. Aus Respekt ihm gegenüber habe ich versprochen, dass ich nichts schreiben und nichts sagen werde. Wenn du also nichts Weiteres in dieser Art unternimmst, hat es die ganze Affäre nie gegeben.«

»Er will mich schützen?«

»Sich selbst. Er hat ja nicht gerade eine gute Figur dabei gemacht. Leichtgläubig ist kein Adjektiv, das er gern neben seinem Namen stehen hat. Aber das ist nur eine Vermutung von mir. Jetzt sagt er, er habe dir von Anfang an nicht geglaubt. Sagt, er habe dich vom ersten Augenblick an durchschaut.«

»Das hat er gesagt?« Mein Puls ging noch schneller als ohnehin schon.

»Was erwartest du? Er sagt, er habe gleich gesehen, was du vorhattest. Sagt, er habe nur mitgespielt, um zu sehen, wie weit du es treibst. Was noch kommt.«

»Wann? Wann hat er das gesagt?«

»Noch an dem Tag, an dem sie dich verhaftet haben. Nachdem die Polizei dich mitgenommen hatte, habe ich noch fast eine Stunde lang mit ihm geredet. Er sagt, er hat Bescheid gewusst. Es sei nur ein Spiel von ihm gewesen.«

»*Das* hat er gesagt?« Ich überlegte kurz, ob das möglich war. Ob Jack vielleicht von Anfang an die Kontrolle über alles gehabt hatte. Ja, natürlich war das möglich.

»Ich will dich nicht damit aufregen. Der Arzt sagt, du darfst bald raus.«

»Jonathon, mir ist es ja nie so besonders schlimm gegangen. Ich bin aus juristischen Gründen hier.

Ich bin nicht wesentlich verrückter als du. Schau dich doch um. Wir haben 1969. Überall legen die Leute sich gerade eine neue Persönlichkeit zu. Eine ganze Kultur macht das. Alle außer dir.«

Er ignorierte das. »Na, jedenfalls bitte ich dich noch einmal. Bitte gib diese Bänder in die Obhut einer Bibliothek. Wirst du das tun?«

»Nein.«

Er nickte grimmig. »Was wirst du denn dann mit ihnen machen?«

»Das weiß ich noch nicht. Ich könnte immer noch meine Geschichte schreiben, wenn auch nicht die offizielle Biographie. Wer weiß. Er hat mich ja schließlich als Biographin eingesetzt. Es fällt mir schwer, das zu vergessen.«

»Jetzt komm schon, Andrea. Die Erlaubnis hat er dir gegeben, als er noch glaubte, du seiest seine Tochter.« Jetzt stand wieder der typische Ausdruck auf Jonathons Gesicht.

»Nicht, wenn das, was du gerade gesagt hast, die Wahrheit ist. Wenn er von vornherein wusste, was gespielt wurde, wenn er aus freien Stücken mitgemacht hat, dann gilt sein Versprechen immer noch.«

Der Gedanke gefiel ihm ganz und gar nicht. Jetzt war ich von neuem eine Gefahr für die Literaturgeschichtsschreibung.

Er setzte sich wieder, rot im Gesicht. »Wissen deine Ärzte davon? Ich denke nämlich, das solltest du mit ihnen besprechen, bevor du zu weit gehst.«

»Oh, das wissen die. Das ist alles längst besprochen. Sie sind sich einig, dass ich nie ernsthaft krank war.«

»*Nicht ernsthaft?!*«

»Nein.«

»Soll das … soll das heißen, das Ganze war ein Gaunerstück? Willst du behaupten, dass du ge*wusst hast,* was du tatest?«

Ich sah keinen Grund, Jonathon etwas vorzumachen. »Oh, das war alles bei vollem Bewusstsein, ja. Ich weiß, wahrscheinlich wirst du nie in der Lage sein, mich zu verstehen.«

»Dich verstehen? Andrea, du bist ein *vollkommenes Rätsel* für mich. Ich an deiner Stelle würde überlegen, ob ich nicht noch ein bisschen hierbleibe. *Dich verstehen?* Andrea, verstehst *du* dich denn? Das ist die Frage. Verstehst *du* dich?«

Ich gab mir Mühe mit einer Antwort, die absolut offen und ehrlich sein sollte. »Allmählich schon. Also, es fing unschuldig an. So viel steht fest. Stress, Erschöpfung, Enttäuschung, dass du mir nicht die Art von Aufmerksamkeit geschenkt hast, die ich mir wünschte. Ich dachte mir einen Plan aus, mit dem ich dich zwingen wollte, mich ernst zu nehmen. Nur so eine Idee. Kindisch. Aber ich war nicht ich selbst. Dann bekam ich heraus, wo Kerouac steckte, und die Versuchung war einfach zu groß. Ich fuhr dorthin, um ihn dir vor der Nase wegzuschnappen, um das zu tun, wozu du nicht den Mumm gehabt hattest in den fünf Jahren, die du in deinem Büro gesessen und deine Papiere angesammelt hattest, zu ängstlich, um auch nur zum Telefon zu greifen und ein Wort mit ihm zu wechseln. Na, ich hatte keine Angst. Und ich wusste mindestens genauso viel über ihn wie du. Doch sogar als ich vor seiner Tür stand, hatte ich noch nicht vor, jemandem etwas vorzuspielen. Das ist die Wahrheit. Ich ging mit ernsten Absichten dorthin. Warum sollte nicht ich diejenige sein, die seine Biographie schrieb? Ich kann das genauso gut wie du. Scheiß auf dich, dachte ich. Also entschloss ich mich zu einer kleinen Notlüge und stellte mich als Dozentin vor – nur die eine kleine Lüge. Mehr sollte es nicht sein. Und dann … na ja, es war eine solche Versuchung, da in dem Wohnzimmer zu sitzen, eine solche Versuchung, als Familienmitglied aufgenommen zu werden, dass ich am Ende … am Ende über meine Rolle hinausgegangen bin. Etwas anderes übernahm die Kontrolle. Teils kam es von mir, teils von Jack. Es ergab sich ein kleines Spiel zwischen uns beiden. Du musst wissen, dass

Jack … Jack spielt für sein Leben gern. So ist er von Anfang an gewesen. Ich meine, der Tag, an dem ich ihm gesagt habe, dass ich seine Tochter sei – was übrigens irgendwie über mich kam, ich hatte keine Ahnung, dass ich das sagen würde, bis zu dem Moment, in dem ich damit herausplatzte –, also, da hatte ich das Gefühl, dass ich mich an die Spielregeln hielt, die *er* festgelegt hatte. Es kam mir sogar vor, als ob er mich zu dieser Art von Sprung ermutigt hatte. Er *wollte,* dass ich jemand anderes war, dass ich mehr war als ich selbst. Er war so unglücklich, so allein. Dieser Ausdruck in seinen Augen. Verzweiflung. Echte Verzweiflung. Und so wurde ich Jan Kerouac. Ich schenkte ihm eine Tochter. Ich glaube, Neal hat das genauso gemacht, auf seine merkwürdige Art. Eine falsche Rolle angenommen, teils für Jack, im Laufe der Zeit immer weniger für sich selbst, bis schließlich die Fiktion zur Realität wurde. Auf ganz ähnliche Art hatte Jack mir diese neue Rolle aufgedrängt … und alle akzeptierten mich so schnell in dieser Rolle, dass ich … dass ich mich bald selbst darin wohl fühlte. Nicht im wörtlichen Sinne, aber emotional. Emotional kam es mir vor, als *sei* ich seine Tochter. Mit einem Mal war ich das, was in seinem Leben gefehlt hatte, genau wie er das fehlende Puzzlestück in dem meinen war. Nicht lange, und es war tatsächlich so, als sei ich Jan Kerouac. Was spielten Fakten noch für eine Rolle? Wir gingen ganz in dem Spiel auf. Freud hat darüber geschrieben, er nennt es einen Familienroman. Nun, vielleicht war es tatsächlich ein Familienroman. Vielleicht war es das. Ich wollte die sein, die ich nach seinem Willen sein sollte. Genau wie bei Neal. Letzten Endes nichts weiter als eine Verwechslung, eine falsche Identität.«

Jonathon glaubte mir offenbar kein einziges Wort, aber immerhin hielt er den Mund, so dass ich zu Ende reden konnte. »Kurz gesagt, ich wusste zwar, dass die Geschichten, die ich Jack erzählte, nicht die Wahrheit waren, aber indem ich sie erzählte, glaubte ich immer mehr daran. Verstehst du, was ich sagen will?«

Er brauchte eine Weile für seine Antwort. Das konnte ich ihm nicht verdenken. »Es ist unbegreiflich.«

Ich lächelte. Ich hatte sogar Mitgefühl mit ihm. »Einer von den Ärzten hat neulich etwas Interessantes gesagt. Er sagte, nur ein Irrsinniger legt sich auf eine einzige Persönlichkeit fest. Ein gesunder Mensch bleibt flexibel und besteht aus vielen unterschiedlichen Personen, die alle so tun, als kennten sie einander. Das gefällt mir – dir nicht auch? Da komme ich mir gleich viel weniger irrsinnig vor.«

Jonathon reagierte nicht; er wirkte lediglich verwirrt. Wenn man sagte, man sei Jack Kerouacs Tochter, dann sollte man das nach seinen Begriffen auch sein. Alles andere war unerhört. »Ich gehe jetzt.«

»Ich finde, es könnte immer noch etwas daraus werden, wenn ich seine Geschichte schreibe. Das Thema: das Spiel der Identitäten, dessen Opfer und die gesellschaftlichen Folgen davon. Auch Staaten spielen solche Identitätsspiele. Nimm doch nur Amerika, schizoid, wie es ist – der puritanische Despot, der sexbesessene Priester, der friedliebende Kriegsverbrecher, die beiden Gesichter dieser Nation. Entwürfe habe ich schon. Warum soll nicht ich das sein, die eine Geschichte über einen Mann schreibt, der auseinanderfällt in einer Gesellschaft, die auseinanderfällt, und warum soll ich nicht auch die Namen der Opfer solcher Spiele nennen? Bei dem Thema bin ich genau die Richtige, um das zu schreiben. Oder etwa nicht? Ich kann dir gar nicht sagen, wie viel ich in meiner Zeit mit Jack gelernt habe. Ich bin da auf etwas gestoßen, ich versuche immer noch, das auszuloten, aber es hat etwas zu tun mit … Es hat etwas mit der Macht zu tun, die daraus entsteht, dass man eine unterdrückte Persönlichkeit akzeptiert. Die Ärzte hier helfen mir sehr. Die Wissenschaft weiß, dass wir einen Großteil unserer Energie damit vergeuden, uns an die Idee zu klammern, dass wir eine geschlossene,

ungeteilte Persönlichkeit sind; und am Ende verleugnen wir unser Leben lang unsere wahre Natur.
Genet hat das in Worte gefasst: ›*Nichts könnte mir
unähnlicher sein als ich selbst.*‹ Allmählich begreife
ich, was Jack mit alldem meinte.«

Mit einem angedeuteten Schulterzucken machte
sich Jonathon davon. Ich sollte ihn nie wiedersehen.
Bald darauf durfte ich für eine Stunde in den Kran-
kenhausgarten.

Der Spaziergang zwischen Alpenveilchen und
purpurnem Phlox, zwischen Pfingstrosen in ihren mit weißen Steinen gefassten Beeten, die Luft
medizinisch kühl, entspannte mich und beruhigte
meine Gedanken. Inmitten der Natur rief ich mir
meine Zeit mit Jack noch einmal im Detail in Erinnerung, suchte nach Indizien, die meine bebende
(nun erneuerte) Hoffnung stützten, dass unser Spiel
ein Duett gewesen war, nicht das Solo einer Irrsinnigen. Mein künftiger Seelenfrieden hing von der
Antwort auf diese Frage ab. Ich ließ die Tage, in
denen wir uns so vertraut miteinander unterhalten
hatten, Revue passieren, und dann ging ich sie noch
ein zweites Mal durch, und noch einmal und noch
einmal.

»Andrea?« Eine Stimme hinter mir. Ich drehte
mich um. Meinen wahren Namen erkannte ich
kaum. »Andrea?«

Eine Pflegerin mit einer roten Strickjacke, die sie sich über die Schultern gelegt hatte. Eine sanfte, mitfühlende Stimme; sie rief mich vom Eingang her.

»Zeit, hereinzukommen. Zeit, hereinzukommen, Andrea!«

Ich tat, wie mir geheißen. Ich zog den Reißverschluss höher.

Ich ging wieder nach drinnen.

Coda: Ich heiße Andrea Zehnder. Ich bin geboren in Buckley, Washington. Ich heiße Andrea Zehnder. Ich bin geboren in Buckley, Washington. Ich heiße Andrea Zehnder. Ich bin geboren in Buckley, Washington. Ich heiße Andrea Zehnder ... Zehntausendmal habe ich das an die Tafel meiner Seele geschrieben, als meine Zeit in der geschlossenen Anstalt sich dem Ende zuneigte. Schließlich wurde ich für gesund erklärt und in das Amerika des Jahres 1969 entlassen.

Ich kehrte nach San Francisco zurück und suchte mir eine neue Wohnung. Ich hatte immer noch ein wenig Erspartes auf dem Konto. Das akademische Jahr begann eben, doch eine Rückkehr zu meinem Studium an der Universität Berkeley stand nicht zur Debatte. Außerdem hatte ich ja jetzt auch viel wichtigere Arbeit zu tun.

Aus einem Schließfach holte ich die Kerouac-

Bänder, brachte sie in mein kleines Zimmer im dritten Stock und machte mich an die langwierige, mühsame Arbeit des Transkribierens. Vor und zurück spulte ich die Bänder, diese magnetischen Fäden, die mir Jacks Stimme zurückbrachten.

Ich gab in dieser Zeit gut auf mich Acht. Ich wusste, wie fragil ich war, und ging behutsam mit mir um. In dem dreiteiligen Spiegel meiner Frisierkommode achtete ich genau darauf, dass ich auf allen drei Bildern gleich aussah. Eine lächerliche Gewissheit, aber ein Mensch wie ich durfte nichts mehr für selbstverständlich nehmen.

Vorsichtig begann ich wieder zu lesen, doch nichts Anstrengendes. Wie jede andere junge Frau meines Alters holte ich mir Liebesromane aus der Bibliothek – Standardware: Junge trifft Mädchen, Mädchen verliebt sich in Jungen. Lewis Carroll gefiel mir, aber ich legte ihn weg, als es zu surreal wurde. Ich mied jeden, der mir womöglich ins Ohr geflüstert hätte, dass »unser Leben von anderen definiert ist, die ein Bild von uns im Kopf haben, genau wie wir ein Bild von ihnen im Kopf haben, das sie wiederum nehmen, um *ihr* Leben zu definieren«. Wo ich früher mit Begeisterung Sport in solch anregender Umgebung getrieben hätte – alles noch ausgemalt nach dem Muster »A weiß, dass B weiß, dass A weiß, dass B weiß …!« –, ging ich jetzt lieber ins Kino. *The Sound of Music* war genau mein Film. Überhaupt alles, wo Julie Andrews mitspielte, oder Doris Day.

Nach und nach ging es mir besser.

Und dann, Mitte Herbst, hörten wir es alle. Ein Zeitungsbericht verriet mir alles, was ich über seinen Niedergang wissen musste, und Weiteres fand ich später heraus – dass er nicht lange nach meiner Abreise mit neuer Heftigkeit zur Flasche gegriffen hatte. Eines Abends, nicht lange nach dem Mord an Bobby Kennedy, legte Jack sich auf die Straßenbahnschienen und weigerte sich aufzustehen. Das war kein Witz. Er wartete nur auf diese stählernen Räder. Doch der Lokführer sah ihn und bremste rechtzeitig. Wochenlang ging Jack nicht mehr aus dem Haus, blieb in jenem lebensgroßen Puppenhaus seiner Mutter, hörte sich im Wohnzimmer bei heruntergelassener Jalousie Händels *Messias* an; dazu spielte ihm der Fernseher bei abgedrehtem Ton Bilder von der Eitelkeit alles Menschlichen vor, und das war seine Vorbereitung auf den Tod: Über den Schirm flimmerte alles, was er zurückließ, die himmlische Musik kündete von dem, wohin er ging. Ein Brief, der in seiner Schreibmaschine eingespannt war, als man ihn im Badezimmer fand (eine letzte Leberblutung, die Hose um die Knöchel, bewusstlos auf der Toilette), lautete: »Ich will im Himmel sein und tot ...« Am Ende wollte er sterben. Sterben für seine Sünden und dann wiedergeboren werden, eine wilde, neue, unschuldige, auf ewig junge, für alle Zeit strahlende Inkarnation.

Als eine Art erweiterter Nachschrift, mit der ich vor Augen führen will, wie knifflig die Kunst des Biographen werden kann, wenn dessen Begriff seines eigenen Ichs allem Anschein nach dazu verurteilt ist zu flackern wie eine Flamme, die sich im Luftzug an den Docht klammert, füge ich noch die folgende Szene an.

Stanley und ich haben ein Hotelzimmer ganz in der Nähe des Friedhofs von Lowell genommen. Ich gehe nicht mit in die Kirche, will aber versuchen, dem Begräbnis diskret im Hintergrund beizuwohnen.

Vor einem halbblinden Spiegel ziehe ich etwas Dunkles an. Meine Garderobe ist nicht gerade reich an schwarzen Sachen, aber mit Dunkelblau bin ich nahe daran, sicher gut genug, um in der Menge nicht aufzufallen.

Ich verdanke es Stanley, einem neuen Freund, der mich als Kavalier die Hunderte von Meilen nach Lowell gefahren hat, dass ich an diesem grauen Tag schon früh auf dem Friedhof ankomme. Ich bitte ihn, im Wagen auf mich zu warten. Stanley und ich sehen uns neuerdings öfter. Er ist ziemlich nett. Verkauft irgendwelche Apparaturen, mit denen Garagentore automatisch auf- und zugehen.

Ich bin nicht die Erste am Grab; die sechs Trauergäste, die dort beieinanderstehen, kenne ich nicht, aber ich halte mich trotzdem im Hintergrund. Mir ist klar, dass meine Gegenwart, auch wenn ich vollkommen geheilt bin – ich habe eine amtliche Bescheinigung, dass Andrea Zehnder für niemanden hier eine Bedrohung darstellt –, von manchen nicht gern gesehen wird, deshalb trage ich eine dunkle Sonnenbrille und habe die Pelzmütze tief in die Stirn gezogen. In dieser Verkleidung würde selbst ich Andrea Zehnder kaum wiedererkennen.

Zwei der anderen Gäste sind langhaarige Hippies in ihren bunten Sachen, Stirnbänder wie die Indianer, Sandalen an den Füßen, kurze Bolerojäckchen, und ich stelle mir vor, dass sie genau wie ich uneingeladen hier sind; etwas, das Stella gar nicht gefallen wird. Wie seltsam diese Gestalten hier im Morgenlicht aussehen, ja überhaupt in unserer Zeit – glücklich gefangen in ihren hyperdramatischen, selbstersonnenen Rollen, Entfesselungskünstler, die sich der Realität entziehen, Musterbeispiele des Aussteigertums, gekommen, um ihrem gefallenen Guru Tribut zu zollen.

Und dann sehe ich den Leichenwagen kommen,

sehe, wie er in die Auffahrt biegt, wie er langsam den breiten Mittelweg entlangkommt; als er seitwärts einbiegt, sehe ich durch die hohen Fenster des Wagens zum ersten Mal den Sarg, eine schimmernde schwarze Kiste: Jack wird also verabschiedet, wie es sich gehört. Sein Unsterblichkeitsprojekt kommt zum Abschluss. Sein Ich ist verstummt. Ohne Stimme, ohne Namen, eine höhere Stufe der Identität. Stella, zweifellos ausgelaugt von ihren Vorbereitungen für diese Stunde, wird gnadenlos jedes Detail in Form gebracht haben, die Anzahl der Gäste, das Arrangement der Blumen auf dem Sarg, die richtige Sorte Blumen, die richtige Anzahl Wagen im offiziellen Trauerzug. Aber jetzt sehe ich, dass überhaupt nur ein einziger Wagen folgt, mit eingeschalteten Scheinwerfern, darin die engste Familie hinter getönten Scheiben. Der Kies knirscht unter den Rädern, als sie sich uns nähern, die wir am Grabesrand bei der frisch aufgeworfenen Erde versammelt sind.

Ich drücke mich noch weiter in den Hintergrund, als die Familienmitglieder aussteigen, als die Hecktür des Leichenwagens geöffnet wird und sechs Männer den Sarg herausheben – zum ersten Mal sehe ich Allen Ginsberg, den berühmten Dichter, und sofort kehren meine Gedanken zurück zu Jacks Geschichten von dem schmächtigen Jungen, der sich Gainsboroughs *Knabe in Blau* an die Wand hängte, damals an der Columbia Universität, als die beiden und William Burroughs von den winzigen Wohnheimzimmern aus ihre eigene Kulturrevolution in Gang gebracht hatten. Und hier ist er nun, dieser Mann mit seinem mächtigen Bart, ein Greisenkörper, dicke Brillengläser, kahler Schädel, an der Seite über den Segelohren zwei Haarbäusche wie ein Clown, hier ist er, wie er einen der Silbergriffe des Sarges fest gepackt hält und mit denkwürdiger Anstrengung seinen berühmten Kumpel aus dem Laderaum einer Limousine hievt.

Von den anderen Sargträgern kenne ich nur zwei: Petey, jetzt wieder in Uniform (ich ziehe mir die Mütze noch tiefer in die Stirn), und der alte Onkel, der mir damals den Weg zu Jacks Haus gewiesen hatte, als ich in St. Petersburg ankam.

Die Trauergemeinde ist beschämend klein. Wo sind denn nur alle? Selbst Mémère ist nicht da – es war wohl zu viel für sie. Jacks Sarg wird auf die über das Grab gespannten Riemen gesetzt, und der Priester spricht ein paar formelhafte Worte, wobei der böige Wind ihm die Stirnlocke bald in die eine, bald in die andere Richtung bläst. Herbstlaub wird in das Grab geweht. Stella hält sich ein Taschentuch vors Gesicht. Auch Ginsberg sieht immer ergriffener aus, und in derselben

Sekunde, in der der Priester sein Brevier schließt, bricht der Dichter in ein spontanes Kaddisch aus, schließt die Augen, hebt seine weichen, weißen Handflächen himmelwärts, die Stimme schmerzerfüllt, stößt er seine fremdartigen Laute hervor. Als er verstummt, wird der Sarg hydraulisch in die Tiefe gesenkt, tiefer, tiefer, tiefer, und der kleine Motor arbeitet hart. Jack, der schwergewichtige Jack, wird hinabgelassen in die Erde. Stella zupft aus einem Kranz eine Rose und tritt damit an den Grabesrand, lässt die Blume aber erst fallen, als sie den Blick schon abgewandt hat. Andere Trauergäste folgen, als Nächster Petey, dann die griechischen Onkel, dann die entfernteren Verwandten, wobei auf jedem nachfolgenden Gesicht die Trauer ein klein wenig nachlässt, ein wohlkalkuliertes Decrescendo des Schmerzes. Dann tritt eine unscheinbare Frau von etwa vierzig ans Grab. Sie schlägt ihren Schleier zurück und schüttet aus einem kleinen Kästchen ein wenig Asche ins Grab. Es ist Carolyn Cassady. *Das* ist Carolyn? Später erfahre ich, dass es sich bei der Asche um die Hälfte der Asche Neals handelte, das, was nach seiner Kremierung übrig blieb, und irgendwie hatte Carolyn Stella das Einverständnis zu diesem Akt abgerungen, der für alle Zeiten die sterblichen Überreste der beiden Männer vereinte. Die Asche rieselt hinab. Eine graue Kaskade in die

Tiefe des Brunnens. Nun bleibt nur noch Ginsberg mit einer Abschiedsgeste. Blumen genügen ihm nicht; er schlägt die Abdeckung aus Kunstrasen zurück und nimmt rote Erde von dem Hügel. Ein Whitman'scher Impuls, der von ihm fordert, dass er sich an die schwarze Grube stellt und einen schweren Erdklumpen hineinwirft. Aber er hat einen zu großen Klumpen genommen. Mit einem dumpfen Schlag langt er unten auf der Kiste an. Einem der Trauergäste entfährt ein Schreckenslaut. Stella sackt zusammen. Mehr Endgültigkeit steckt in diesem Laut, als sie ertragen kann, und halb blind vor Tränen lässt sie sich zum Wagen führen.

Jetzt endlich bin ich an der Reihe. Mit den anderen Gästen komme ich nach vorn, nehme eine Schaufel Erde auf.

»Was machst du hier?«

Eine Stimme wie Hundeknurren. Petey hat mich am Arm gepackt. Schon jetzt tut es weh. Sein Gesicht ist rot vor Wut. »Nicht«, sage ich, versuche mich aus seinem Griff zu lösen, will aber auch keine Handgreiflichkeiten am offenen Grab.

»Weg hier«, knurrt er.

»Lass mich einfach nur etwas Erde hineinwerfen.«

»Nimm deine Erde und verschwinde. Sofort.«

»Lass sie mich einfach nur hineinwerfen.«

»Du hast genug angerichtet. Verschwinde.«

Inzwischen starren die Leute uns an. Sie sind auf dem Rückweg zu ihren Autos stehen geblieben und wollen sehen, was da vorgeht. Ich will mich einfach nur mit Anstand verabschieden, diesem Verlorenen meine letzte Ehre erweisen, und bin fest entschlossen, mir das nicht verbieten zu lassen; doch da höre ich eine weitere Stimme. Es ist Stanley, mein Verehrer, dem ich eingeschärft hatte, im Wagen zu bleiben.

Er trottet über den Rasen, glaubt, er müsse mir zu Hilfe kommen, und zu meinem Schrecken ruft er, und das so laut, dass sogar die Toten ihn hören können, ja gerade die Toten …

»Jan? Was geht hier vor? Jan? Jan?«

Hinweis: Alle Briefe, die in dieser Geschichte zitiert oder erwähnt werden, sind echte Dokumente. Den Brief an Joan Haverty aus dem Jahr 1950 hat man nie gefunden.

Anthony McCarten
im Diogenes Verlag

»Anthony McCarten hat die unglaubliche Gabe, Geschichten so aufzuschreiben, dass es einem das Herz zerreißt, während man über seine Einfälle, Sprüche und seinen unbesiegbaren Humor lacht.«
Hamburger Abendblatt

»McCarten pflegt den satirischen Ton, ohne waschechte Satiren zu schreiben. Er ist, wie man so sagt, ein geborener Erzähler.« *Die Welt, Berlin*

»Anthony McCarten ist unter den literarischen Exporten aus Neuseeland einer der aufregendsten.«
International Herald Tribune, London

Superhero
Roman. Aus dem Englischen von Manfred Allié und Gabriele Kempf-Allié
Auch als Diogenes E-Hörbuch erschienen, gelesen von Rufus Beck

Englischer Harem
Roman. Deutsch von Manfred Allié und Gabriele Kempf-Allié
Auch als Diogenes E-Hörbuch erschienen, gelesen von Rufus Beck

Hand aufs Herz
Roman. Deutsch von Manfred Allié
Auch als Diogenes Hörbuch erschienen, gelesen von Rufus Beck

Liebe am Ende der Welt
Roman. Deutsch von Manfred Allié

Ganz normale Helden
Roman. Deutsch von Manfred Allié und Gabriele Kempf-Allié
Auch als Diogenes Hörbuch erschienen, gelesen von Rufus Beck und Jo Kern

funny girl
Roman. Deutsch von Manfred Allié und Gabriele Kempf-Allié
Auch als Diogenes Hörbuch erschienen, gelesen von Rufus Beck und Adriana Altaras

Licht
Roman. Deutsch von Manfred Allié und Gabriele Kempf-Allié

Jack
Roman. Deutsch von Manfred Allié und Gabriele Kempf-Allié

Die zwei Päpste
Franziskus und Benedikt und die Entscheidung, die alles veränderte. Deutsch von Stefanie Schäfer